青薔薇アンティークの小公女

道草家守

富士見L文庫

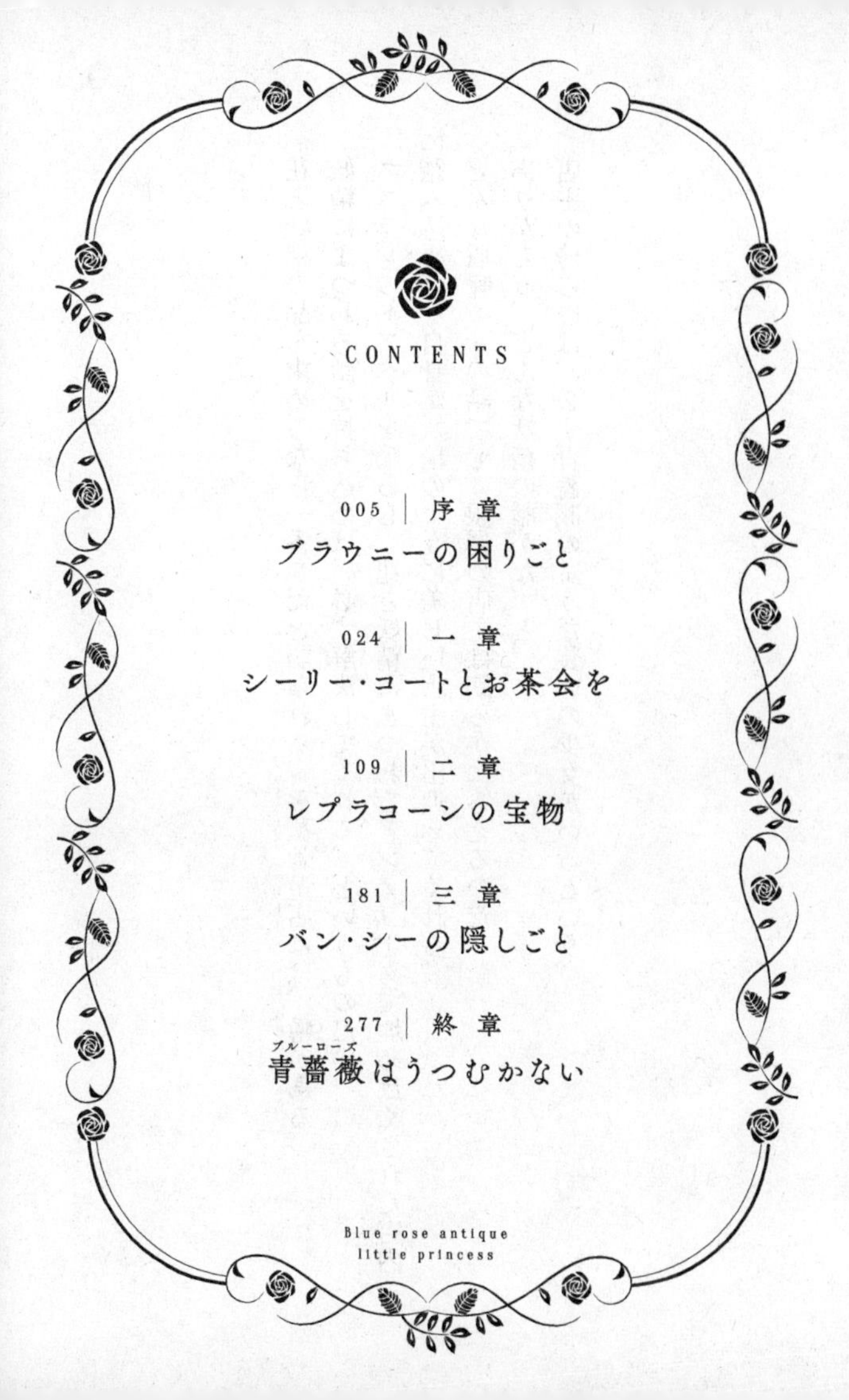

CONTENTS

Blue rose antique
little princess

『花と妖精の品を求めるなら一番』だと語られる青薔薇骨董店（ブルーローズアンティーク）には、噂（うわさ）がある。

妖精にまつわる話を持ち込めば、必ず解決してくれる、というものだ。

スズランのドアベルを鳴らし、花と妖精にまつわるアンティークで埋め尽くされた店内に踏み込めば、自身が妖精のように美しい店主が出迎えてくれる。

どんな眉唾モノの話でも、銀髪の店主は朗らかに答えるのだ。

「ありがとう、どんな妖精の話かな」と。

店主の傍らには、必ず青薔薇のような装いの少女がいるという。

序章　ブラウニーの困りごと

小鬼(インプ)やエルフと呼んだなら、よくよく気をつけてくださいな
もし妖精と呼んだなら、いろいろ邪魔してやりましょう
けれど良き隣人と呼んだなら、良き隣人となりましょう
愚かな魔女と呼ばないならば、仲良くしましょう、いつまでも

――『Popular Rhymes of Scotland』より翻訳

エルギスは、妖精と契約をして建国されたという言い伝えがある。

妖精女王との約束の詩は、エルギス人ならば一度は聞いたことがあるほど有名だ。

科学の発展によって様々な不思議が解明された今も、たとえお伽噺(とぎばなし)だと語られていてさえ生活の端々に息づいている。

首都ルーフェンの初夏の華やかさが、「妖精に愛された」と称(たた)えられるように。

立ち並ぶレンガ組みの建物のバルコニーには、厳しい冬を耐えた花々が咲き誇り、空気もどこか軽やかだ。

ルーフェン特有のどんよりとした曇り空の下でも、道を行き交う人々の足取りは軽く、せわしない。二階にまで人が溢れるほど満員の乗合馬車、大量の荷物を満載した荷馬車と、着飾った貴婦人や紳士を乗せているだろう馬車が同じ道を走る。

ローザが居る駅前の大通りも、それは同じだ。

自分の白薔薇も、求めてくれる人がきっと居るはず。

花が売れなければ、おしまいだ。

薔薇を入れた籠の持ち手を握りしめたローザは、もう一度自分の身なりを確認する。

真っ黒の髪は癖があってまとめづらいけれど、なんとかひっつめた。小花プリント地のワンピースは色があせて茶色くなってしまっているが、白いエプロンのおかげで多少は見られる姿のはず。

顔が多少汚れているのは仕方がないけれど、どこからどう見ても花売りの娘である。実際、この仕事を始めてひと月になるのだから当然だ。

ローザは無意識に長い前髪を引っ張ったあと、前髪の間から、目の前の乗合馬車の停留所を見た。

狙うのは、馬車から降りてきた人達だ。

身なりが綺麗で、できれば異性の連れが居る人が良い。女性を連れている紳士は、女性に良いところを見せようと、買ってくれる可能性が高い。ミーシアがそう教えてくれた。

馬の引く二階建ての乗合馬車が停まり、人々が降りてくる。

ローザは震える足を叱咤して、馬車から降りてきた流行のドレスを着こなした貴婦人と
ステッキに山高帽子をかぶった紳士の二人組に近づく。

そして、からからに渇いている喉に唾を送り込み、声をあげた。

「あ、あのっ」

裏返ってしまったローザの声でも、貴婦人は振り返ってくれた。

無視をされることも多い中で、快挙である。

あとは、「お花はいかがですか？」と続ければ良い。今一番好まれる薔薇だ。

きっと一輪くらいなら、買ってくれる。

そう考えた頭は、貴婦人の視線を感じたとたん、真っ白になる。

人が、見ている。見られている。ローザの頭は勝手に思い出す。

悲しげな母の瞳から涙がこぼれ、頬を伝って落ちた。

『あなたの目は――……』

母の言葉が耳に木霊して、思わず顔をうつむかせてしまい、ローザはさらに焦る。せっかく立ち止まってくれたのに、これではいけない。

「あ、あの、あの……お、おは、おはな……」

なんとか、声を紡ごうとするのに、全く言葉にならない。

微笑んでいた貴婦人だったが、困惑の気配が色濃くなる。目の端に映る隣の紳士は眉をひそめており、徐々に苛立ちが混ざり始めた。

自分なんかのために立ち止まってくれたのに、どうしても、目が合わせられない。

恐怖と強い不安に支配されて、もはや立ち尽くすだけだ。

ローザは、唐突に背の高い娘に押しのけられる。

彼女はまっさらなエプロンを身につけ、花売りらしくたっぷりの花を詰めた籠を腕に下げていた。ローザに花の売り方を教えてくれた、先輩花売り娘のミーシアだ。

ミーシアはぱっと華やかな笑顔で、薔薇を差し出す。

「奥さん！　花を買ってちょうだい！」

「まあ、なら一つもらおうかしら」

素朴で明るい彼女に、たちまち警戒を解いた貴婦人が薔薇を受け取る。

それは、ローザが言うべき言葉だったのに。

またためだった。ローザは前髪の陰で目を潤ませてうつむいた。

「ブラウニー！　また客を怒らせかけたね！」

尖った声に、ローザはびくんっと体を震えさせて振り返る。

すると、顔見知りで同じ花売り娘のダナが、険のある表情で立っていた。

「お前のせいでこのへんの花売り娘が気味が悪いって噂が立ってんだ。あたい達にも迷惑かかってんだよ」

「も、申し訳……」

ローザが声を詰まらせながら謝罪を口にしようとすると、ダナは心底嫌そうにする。

「んな気取った言い方やめとくれ！　花売りの癖に、自分が公女とでも思ってんの⁉」

怯えたローザが口を押さえて黙り込んでも、ダナの苛立ちは収まらない。

「客に声もかけられねえなんてやる気あんのかよ。いたずらして邪魔がしてえだけじゃねえの。前ん所でもブラウニーって呼ばれてたんだろ」

「あの、それは……」

彼女の怒りに気圧されて、ローザが震えると、ダナは深々と息を吐く。

「ほんっとにブラウニーみてぇだ。ちびで、目がぎょろっとして気持ち悪ぃし、お高くとまった言葉使いには反吐が出るね！　茶色い服がお似合いだよ。けどブラウニーならあたい達の仕事を手伝うけど、あんたは仕事の邪魔ばっか！　縮こまっておどおど愚図で、みっともないったらありゃしない！」

言われたことはすべてその通りだ。ローザの心に突き刺さる。

ブラウニーは、エルギスに伝わる毛むくじゃらで醜い顔をした妖精だ。いたずら者や、醜いものの形容としてよく使われる。

ローザ自身も、彼女達に比べれば自分が見劣りするのはよくわかっている。

貴婦人を見送ったミーシアが、ローザとダナの間に割り込んだ。

「ダナ、そんな風に言うもんじゃないよ。妖精みてえにいたずらされても知んないから」

忠告されたダナだったが、自分が正しいと確信していて全く怯まない。

「妖精なんてお伽噺だろ。それにあたいは知ってるよ。面倒みてるけど、ミーシアだって
ブラウニーは仕事の迷惑だって思ってんだろ」

「……っ」

ミーシアの横顔が強ばるのに、ローザは諦めに似たものを感じた。

彼女が何を考えたかは、察せられる。

「そんなことっ」

「い、いいの、です……わたしが、悪いのですから……」

ミーシアが言葉を続けようとするのを、ローザは彼女の袖を引いて止めさせた。なるべ
く、丁寧に聞こえないように言葉を選ぶと、どうしてもつっかえてしまう。

複雑そうに目をそらすミーシアに、ダナは勝ち誇った顔になる。

「ブラウニー、あたい達の邪魔なんだから、もうここには来るんじゃねえよ。どうしても
って言うんなら、せめて夕方から夜にすんだね」

「ダナ！」

なぜかミーシアが語気を強めてとがめても、ダナは気にしない。

身を翻して立ち去るとき、ローザの肩にどんっと当たって行った。

よろめいたローザは、深々と息を吐くミーシアを見上げた。

「あの、夕方から夜、ならお花を売っても良いのですか」

「やめときな。夕方から夜の花売りは、春も売る娼婦だ。一度に金は稼げるけど、あんた、できる？」

ひっと、息を呑んだローザは、ぶんぶんと首を横に振って否定する。

疲れを滲ませながらも、ミーシアはローザに向き直る。

「そうだ、また手紙を貰ったんだ、読んでよ」

「……はい」

気を使ってくれているとわかったが、それでもローザは安堵して頷いた。

近くの階段に並んで座ると、ローザはミーシアが貰った手紙を読み上げる。

「――『あなたは花と戯れる妖精のように美しい。どうかその瞳に、私を映していただきたい』以上です。恋文ですね」

「あんた、こんな糸がもつれたみてえな文字よく読めんねぇ。貴族のお姫サマでも、紳士のお嬢サマでもねえのにさ」

ミーシアに感心されたローザは、ほんの少し気持ちが浮上する。

「ご自分で読めるようにお教えしましょうか？」

「いらないよ。男の顔でだいたい内容はわかるし、花売りは文字が読めなくても困んないさ。たまには中身を知っても良いかなと思うけど、どうせ返事なんかしねえもん。一緒になんなら、酒を飲み過ぎねえ働きもんの同じ労働者階級（ワーキングクラス）が一番さ」

あっけらかんと断られたローザは、悄然（しょうぜん）と肩を落とす。世話になっているお礼にと考えたのだが、うまくいかない。

せめて、とローザはミーシアに向けて深々と頭を下げた。

「申し訳ありません……花の売り方も、教えてくださったのに、うまくいかず……」

「別に良いよ。同じアパートに住んでるよしみさ。仲が良かった母ちゃんが死んで、まだ二カ月じゃん？　前の仕事をクビにもなったのに、あんたはよくやってる」

母親の話を持ち出されて、ローザの目にじんわりと涙が滲む。

この二カ月で、ローザの人生は大きく変わってしまった。

二カ月前に、聡明（そうめい）で、教養深かった最愛の母親が亡くなった。

そして一カ月前、長く勤めていた職場を解雇されたのだ。

労働者階級である自分は、生きるためには毎日働かなければいけない。一日働けないだけで食べるものにすら困ってしまう。

まだ悲しみが鮮明すぎて胸がじくじくと痛むが、悲嘆に暮れる暇はなかった。

ほぼ同時期に母だけでなく仕事までなくして消沈するローザを、ミーシアが見るに見かねて、花売りに誘ってくれた。

　この一ヵ月、本当に根気よく付き合ってくれたミーシアだが、とうとう言いにくそうに切り出した。

「けどさ、自分が花売りには向いていないの、よくわかってんだろ。客相手の商売じゃねえほうが良い。花売りはまともにしゃべれなきゃ無理だ」

「はい……」

「前は洗濯屋に勤めてたんだろ。アタシらと違って言葉は丁寧にしゃべれるし、文字も読めるし、計算もできただろ？　そんだけ賢けりゃメイドになれんじゃない」

　確かに、そうだ。メイドの仕事なら、花売りよりはマシに働ける可能性が高い。

　しかし、ローザは首を横に振った。

「メイド、は、住み込みばかりですから。今の家から、離れるのは、嫌なのです……」

　現在住んでいる部屋は、母が居たからこそ家賃にも困らず暮らせていた。ローザ一人では負担が大きい。だが、物心が付いた頃からの母との思い出が詰まった大事な部屋だ。

　良い思い出が残る唯一の形見さえ無くなった今、もうあの部屋しか母を偲べるものはない。まだどうしても、離れたくなかった。

「とはいえ、二ヵ月以上家賃を払えてないんだろ。大家が今度こそあんたを追い出すって息巻いてたよ。今日の売り上げいくらだった？」

ローザがぎゅうと籠を抱えると、ミーシアがため息をついた。

「これ以上、アタシにできることはねえ。せめて顔を上げて、客の目を見れなきゃだめだ。あきらめんのは早めがいい」

ミーシアが去って行った後も、ローザはその場に座り込んでいた。

少し元気がなくなった白薔薇から立ち上る、馥郁とした甘い香りが鼻孔をくすぐる。普段なら癒やしてくれる香りも、今は惨めな気持ちがいっそう色濃くなるだけだった。

顔を上げて、人の目を見て話しかける。

ミーシア達には当たり前にできることが、ローザには途方もなく難しいことだった。

人の視線が、怖い。自分の存在によって相手を不快にさせていないかひどく不安になって、硬直してしまうのだ。

ダナの言葉通り、ローザはもう十八歳になるのに十三、四歳にしか見えないほど小柄で、やせ細っている。そのくせ、目はぎょろりと大きく主張していて釣り合いがとれていない。髪は煤でもかぶったような艶のない陰気な黒髪で、日曜学校に通っていた時からずっとからかわれて虐められていた。

せめて目を隠すために前髪を伸ばして視線を避けていたら、いつの間にかうつむいて過ごすのが癖になっていた。

それでも洗濯屋の仕事は、良く続いていたと思う。厳しい職場だったが、解雇されるまでは、黙々とした働きぶりを褒められたこともあった。

はっと、我に返ると、あたりはすでに暗くなり始めている。

足早に通り過ぎる人々の間に、ローザのような花かごを抱えた娘達がいた。

彼女達が持っているのは、日持ちのしそうなラベンダーなどのドライフラワーで、身につけているスカーフも妙に華やかだ。

春も売る花売り娘なのだと悟り、ローザは怯む。

ローザの近くにいた花売り娘が男性に声をかけられていた。二言三言言葉を交わすと、花売り娘は男性の腕に抱きつくように腕を絡めて去って行く。ああして、客をとるのだ。

身がすくんだローザだったが、震える足を叱咤して、立ちあがった。

ミーシアの言う通り、ローザには後がない。花売りの収入は微微たるもので、籠の花が売れなければ、今夜も食事ぬきになってしまう。

だが、ローザの決意をくじくように、どんよりとした空からぽつぽつと雨が落ち、たちまち本降りになる。ルーフェン名物のにわか雨だ。

雨宿りの場所を探してローザは周囲を見渡したが、足早に移動する人々に押されて転んでしまう。籠に入れていた白薔薇が地面に散らばった。

あ、と思う間もなく、通行人に踏みにじられる。もう、売り物にはならないだろう。

雨が冷たい。濡れて帰ると、いつも母は温かいスープを用意して待ってくれていた。けれどもう家に帰っても母はいない。形見すらない今は、母を感じられるのはあの部屋しかローザには残っていないのだ。

母との思い出を手放したくないだけなのに、もう、諦めるしかないのだろうか。

白薔薇を拾い集めていたローザは、目尻に滲んだ涙を拭った。

「醜いブラウニーでも、必要としてくれる方が、いるかも、しれませんし」

――そんな人、居るわけがない。

すでに心が諦めに染まっていることには気付かないふりをして、ローザは最後の白薔薇に手を伸ばす。

だが、白薔薇は骨張った男の手に拾われた。

面食らったローザは顔を上げて、ぽかんとする。

白薔薇を拾ったのは、まるでお伽噺（とぎばなし）の妖精のように美しい青年だった。

二十代半ばだとは思うが、あまりに美しいせいで、周囲から浮き上がってすら見える。

まず目が吸い寄せられたのは、銀細工のように繊細で艶やかな髪だ。男性としては長めの髪はうなじで束ねられており、彼が動くたびにガス灯の光できらきらと輝いている。

銀の髪に彩られているのは、彫りの深い面立ちだ。一見女性にも思えるほど整っているが、首筋に男らしさを感じさせる。夢のように美しいが、切れ長の灰の瞳には、一瞬ぞくりとするような艶がある。

フロックコートにウエストコート、首元にしゃれた風にタイを締めて、足にぴったりと沿ったズボンを穿いているから、男性だ。

しかし、性別を超越した人を引きつける美しさがある人だった。

傘を差しているため雨に濡れた様子はなく、現実味のなさがいっそう際立っている。

ローザが呆然と見上げると、青年もまたローザを見つめている。

切れ長の銀灰色の瞳が、なぜか強い興味に染まった。

青年は薔薇を持った手をローザに伸ばすと、前髪を上げてまじまじと覗き込んできたのだ。前髪越しではない青年は、さらに輝きを増して美しく見える。

「——欲しいな」

あまりに予想外の事態に思考が停止していたローザだが、ようやく我に返った。

鮮明に見えるということは、この美しい青年と目を合わせているということだ。

「っひ……」

悲鳴を呑み込み反射的に後ずさると、美しい青年の手は簡単に額から外れる。

上げられてしまった前髪を引っ張って視界を遮り、落ち着こうとするローザだったが、ふと先ほどの彼の言葉を思い出す。

聞き間違いでなければ、彼は「欲しい」と呟いていなかったか。

前髪越しにそっと窺うと、美しい青年は戸惑うようにこちらを見返していた。

片手には、ローザが拾い損ねた白薔薇がある。

ローザは先ほどの狼狽も忘れ、もはやすがる思いで問いかけた。

「あの……白薔薇を、買ってくださるのでしょうか……！」

「？　白ではなく青薔薇では……」

「あお？　青薔薇、ということです、か」

青薔薇は、自然界にはない。それこそ、伝説上の妖精の国にしか咲いていないだろう。

だが、青年は質問には答えず、ぶつぶつと独り言を呟くのに、ローザは戸惑う。

「――待てよ。……そうか、これなら解決か」

どういうことか問いかけようとしたが、手に持った白薔薇を眺めていた青年が、再び距離を縮めてきた。

そのうえ、己の手が薔薇を持った大きな手に包まれて、ローザの肩はびくんと跳ねる。

いつの間にか傘が差し掛けられていたが、全く気付かなかった。

じっくりと覗き込まれて、息が止まる。

青年のかんばせが薔薇のように美しく綻んだ。

「僕は君が欲しいな。青薔薇のような君が」

「はいっ!?」

まるで口説き文句のような言葉に声が裏返った。即座にミーシアの話を思い出す。

夕方から夜にかけて出没する花売り娘は、一緒に春を売るという。先ほど見かけた花売り娘と去っていった男性は、娘に対し恋人のような甘い言葉をかけていた。

青年もそういう存在として、ローザを求めているということだろうか。しかし彼のように美しい人なら、ローザなんかに声をかけずともよりどりみどりではないだろうか。

そう、考えるのだが、彼の雰囲気にはローザをからかう色など微塵もない。そもそも彼はとても距離が近い。

「あああああの、わたしはそのえっえっと……」

案の定口ごもってしまい、ローザはますますうろたえる。まともな返事ができずにいると、じっと観察するように覗き込んでいた青年は眉根を寄せた。

「顔が赤らんで、瞳が動揺している。それでも充分愛らしいけど、僕は君を恥ずかしがらせることを語ったようだね。何が悪かったのだろうか」

「あ、あいらしい!?　……って、ご存じない、の、ですか……？」

青年の淡い微笑に困った色が混ざる。ローザは徐々に落ち着いてくる。

この不思議そうな様子は、本当に知らないのかもしれないと思い、おずおずと語った。

「夕方からの花売りは、その、春を売る方、なのでてっきり……そのようなお誘い、かと……」

「おやそうなのか。僕は青薔薇のような君が僕の店に居てくれたら良いと思ったのだけど、君は春を売るのかな？」

「い、いいえ！」

ローザはとっさに首を横に振って、まだ身の振り方に踏ん切りが付いていなかったと思い至る。勘違いをしてしまった羞恥が再び襲いかかってくるが、彼の「僕の店」という単語が気になった。

「で、では、どうしてあなたのお店に、わたしが、必要なのですか……？」

「僕の店は骨董屋だよ。クレアに花くらい飾りなさいと言われて、仕方なく探していたんだ。気に入った花が見つからなくて困っていたけど、君を見つけた」

ぎゅ、と手に力を込められて、ローザはまだ手を握られたままだと気付き鼓動が早くなる。だが、ローザの動揺など意に介さず、銀の青年は上機嫌で続けた。

「君を雇えば万事解決だ。やはり僕は運が良い」

「で、ですがわたしが薔薇みたいだなんてとても……なぜ青薔薇なんて……」

今更ながら、自分が青薔薇と表されたことに、顔がじんわりと火照り出す。こんな薄汚れた自分を薔薇に喩えるなんて、何かの間違いだと思った。

けれど、青年は不思議そうにするばかりだ。

「なぜって、君の瞳は綺麗な青だろう。薔薇のように華やかだから青薔薇。なかなか良い表現だと思うのだけど。僕の店も青薔薇というから、君はきっとぴったりだ」

「ひぇ、ち、近いです……っ！」

再びぐっと覗き込まれ、ローザは悲鳴を上げることになる。

確かに自分の瞳は青いが、痩せこけた顔の中で妙に大きくぎょろついていて、気味悪がられることが多い。今までにない反応にローザは途方に暮れた。

それでも必死に頭を働かせて、青年の言葉を咀嚼(そしゃく)した。

つまりこの青年は、自分を従業員として雇いたいらしい。青年の発音は、母と遜色ないほど綺麗だ。身なりもとても良いから、少なくとも中流階級(ミドルクラス)以上の出身だろう。

なのに、なぜかはわからないが、彼はローザを忌避しないようだ。

自分はとてもではないが、接客業には向いていない。

だが、それでも――……

逡巡(しゅんじゅん)するローザを、青年はじっくりと見つめる。

「どうやら、悩んでいるようだね。そういえば、給料の話をしていなかったか。相場がよくわからないけど、ひとまず……」

言いつつ彼が提示した金額に、ローザは目をこぼれんばかりに見開いた。

花売り娘の収入どころか、以前勤めていた洗濯屋の給料よりもずっと多い。

ローザが言葉を無くしているのを金額に対する不満と勘違いしたらしい彼は、ふむと考える風だ。

「これで難しければ別の優遇措置をとろうか。食事付きか、住み処を用意するとか……」

「それは困ります!」

とっさに強く否定してしまった。青年は少々驚いたようだが、微笑は崩れない。

春を売るより、よっぽどうさんくさい話だ、とローザは心のどこかで思う。

だがこれは、絶好の機会だ。ミーシアに迷惑をかけてしまう以上花売りは続けられないし、なにより、提示されたお給料が貰えれば、アパートの家賃も払える。

それに不思議と、彼とは目を合わせても怖くない。とても美しくて怖じ気づくけれど。

こんなに良い条件をつけてもらった上で、さらに要求するのは気が引ける。

しかしローザは、遠慮がちながらも問いかけた。

「あの、通いでも、良いで、しょうか」

「もちろん構わないよ。では……」

「それとお名前を教えていただけますか。わたしはロザリンド・エブリン、です」

独特な彼のペースに飲まれる前にと、ローザが先んじて声を上げると、ポケットを探っていた彼は眉を上げた。

「ロザリンド、名前まで薔薇なんだね。僕はアルヴィンだ」

「アルヴィン様、とお呼びすれば良い、でしょうか」

「いいや、アルヴィンでいいよ。抵抗があるなら〝さん〟で。君はローザで良いかな。僕の店はここだ。明日から来られるだろうか」

いきなり愛称で呼ばれてどきんと胸が跳ねるが、渡された名刺に目を落とす。

瀟洒（しょうしゃ）な名刺には店名だろう「青薔薇骨董店（ブルーローズアンティーク）」と、店主の名前らしい「アルヴィン・ホワイト」と共に、住所が書かれている。かなり遠いが、通えない場所ではない。

「僕の店は、だいたい午前中に開くけど」

「だ、大丈夫です」

「よかった。では今は、この薔薇を貰おうか」

アルヴィンはさらにローザの手に銀貨を落とすと、白薔薇を自分の胸に挿した。

しおれていた薔薇が、彼の胸で艶を帯びたように感じられる。

「明日、待っているよ」

銀髪がガス灯に煌（きら）めき夜の雑踏に消えていくのを、ローザは呆然と見送った。

なんだか夢のようだったが、質の良い紙に刷られた名刺も、白薔薇一輪の対価としては多すぎる銀貨も手の中にある。

夢では、ない。

いつの間にか雨は綺麗に止（や）んでいて、夜空には星が輝いていた。

一章　シーリー・コートとお茶会を

ローザの緊張は頂点に達していた。

昨晩とは一転して晴れた午前中たどり着いたのは、ルーフェン中心街近くの、中上流階級（アッパーミドルクラス）向けの店が軒を連ねる瀟洒（しょうしゃ）な地区だ。

銀色の妖精のような青年、アルヴィンから貰（もら）った名刺は、ローザがアパートに帰り、眠って起きても消えていなかった。

ようやく現実味が湧いてきてローザは青ざめたが、いくら見つめていても、名刺としおれた白薔薇（しろばら）はそのままだ。

自分に都合の良い夢を見たとしか思えない出来事だった。

一体なにと遭遇したのか。困惑は胸一杯に広がるが、彼の店で働くと約束をしたのだ。

微（かす）かな望みが捨てきれず、ローザは身繕いをすると、名刺を頼りに街へ飛び出した。

途中で迷ってしまったため、彼の店にたどり着いた頃には完全に日が昇っていた。

ノッティングチャーチストリートは、女王陛下の宮殿の近くにある通りだ。

重厚なレンガ造りや漆喰(しっくい)い塗りの背の高い建物が整然と立ち並び、舗装された道を綺麗(きれい)に着飾った人々が行き交っている。どの店も、店の間口からしてこぎれいだ。

そこは、ローザが住んでいるような、崩れかけの建物が並び、毎朝日雇い労働者や通勤者でごった返す通りではない。裕福な人々が暮らす地区だ。

名刺が示す店は、その通りから少し離れたテラスハウスにあった。

テラスハウスは、ルーフェンではよくある建築様式で、複数階建ての家が壁を共有して連なった住宅だ。この家は見た限りでは四階建てで、一階部分が店舗になっているようである。

店の正面右には硝子(ガラス)張(ば)りの大きなショーウィンドウがあった。中には優雅な植物の意匠が施された椅子やテーブルを使い、美しい色彩の硝子のオーナメントや陶器のティーセットが並べられている。

ショーウィンドウの隣には、外から見える位置に「青薔薇骨董店(ブルーローズアンティーク)」と書かれた瀟洒な鉄細工の看板が下げられている。その下には深い青に塗られた両開きの扉があり、扉に下げられた札は「開店中」だ。

間違いない。ここが、アルヴィンが言っていた骨董屋(こっとうや)だ。

ローザが知っている、古びた道具が山ほど店先に積まれているような店ではない。

歴史を経ることで希少価値のつく、高価な品物を扱う店なのだ。

アルヴィンの身なりからして、分不相応とわかっていたはずなのに、実感がなかったローザは店の前で立ち尽くす。

なるべく綺麗な服を着て、体も清潔にしてきたが、その程度では全く意味がない。

気後れしたローザには、店の前で立ち止まることすら悪いことのように思えた。

一歩、後ずさった足に、するりと温かいものが巻き付いた。

「ひぁっ⁉」

心臓が飛び出しそうなほど驚いたローザがよろめくと、その体を誰かに受け止められた。

ローザはさらにうろたえて、受け止めてくれた人を振り仰ぐ。

それは五十代ほどの、ふくよかな中年女性だった。明るい栗色(くりいろ)の髪を簡素にまとめ、清潔そうなワンピースを着ている。少ししわの目立つ顔は善良そうな雰囲気を醸し出しており、ローザを受け止めても動じず、心配そうにしていた。

「まあ大丈夫？」

「も、申し訳ございません！」

飛び跳ねるように離れたローザが頭を下げると、女性は気にせず朗らかに笑う。

「いいのよ！　それにしても、エセルが人に懐くところを見るのは初めてだわ」

「エセル、ですか？」

「この猫の名前よ。立派な毛並みだからエセル(立派)なの」

女性の言葉に、ローザがとっさに下を向くと、金色の瞳と目が合う。

それは青みがかった灰色の毛並みをした猫だった。ふさふさとした毛並みは手入れが行き届いていて、とても触り心地が良さそうである。気品ある顔立ちで賢そうだ。

ルーフェンには野良猫や野良犬も多いが、この猫は明らかに飼われている猫だ。

「もしかして今なら私にも撫でられるかしらね、ほらエセル、こっちおいで」

女性がしゃがみ込んで手を差し出すが、エセルは全く興味を示さない。だがローザには「なぁお」と一声鳴くと、眼前の青い扉の前に座り込む。

「残念、やっぱりだめねぇ。ご飯の時はちゃんとよってきてくれるのに」

無視された形になった女性だったが、気にした様子もなく立ちあがるとためらいなく青い扉を開いた。灰色の猫が尻尾を立てて悠々と店舗に入っていくのを、ローザは見送った。

だが、女性がこちらを向いているのに気づき、我に返る。

「そういえば、あなたどうして店の前にいたのかしら？　もしかして青薔薇に用があった？　妖精に遭遇したかしら？　それとも何か見て欲しい曰く付きの品があった？　アルヴィンさんは本当の依頼だったら、きちんと受けてくれるわ。ああもしかして、品物を売りたいのかしら。でもそちらなら、アルヴィンさんは花と妖精のモチーフしか受け付けないから気をつけてちょうだいね」

「いえっそ、その……！」

一気にまくし立てられたローザがたじたじとなっていると、後ろから引き寄せられる。

ローザが顔を上げると、昨日の怖いほど美しい銀髪の青年アルヴィンだった。

日光の下で見る彼は、束ねられた銀髪が良く手入れされた銀細工のように輝いていて、ますます現実味がない。だが、肩に置かれた手の感触は本物だ。

ローザを引き寄せたアルヴィンは、微笑(ほほえ)んだまま上から覗(のぞ)き込(こ)んできた。

「やあローザ、よく来てくれたね。待っていたよ」

「ひぇ」

美々しい顔で、明らかに上機嫌とわかる声で挨拶をされる。ローザが固まっている間に、アルヴィンは朗らかに女性へ語った。

「クレア、この子は昨日、僕が雇った子なんだよ。君はこの店に花を飾れと言っていたね？　青薔薇のようなこの子ならぴったりだろう」

「まあアルヴィンさんが雇った⁉　それに青薔薇ってまた変なことを……⁉」

「ではローザ、おいで」

「え、あの、あのあのっ」

クレアと呼ばれた女性が絶句する間に、ローザはアルヴィンに腕を引かれて青い扉の向こうへ踏み込んだのだ。

軽やかなドアベルに迎えられ店舗内に入ると、ローザは緊張も忘れて周囲を見渡した。

表から見るよりずっと広く奥行きがある店内は、植物のモチーフで溢れていた。

壁に据えつけられた棚には、背に昆虫の羽を広げた陶製の妖精があり、スミレの描かれたティーセットやディッシュプレートの周りを楽しげに踊っている。壁には、様々な大きさの油絵、水彩、素描、版画といった絵画が飾られているが、そのすべてが、なんらかの花々をモチーフにしていた。振り返るとドアの上部に付いていたドアベルは、スズランの形だ。

店の一角に設えられている飴色のテーブルの縁や脚には、優美な唐草模様が彫られている。椅子の座面も、意匠化された花模様の布が張られていた。

店奥にある硝子張りのショーケースの中には、繊細な細工のブローチやコサージュ、イヤリング、ネックレスなどのアクセサリーが並ぶ。

壁に設置されている間接照明も、シェードはブルーベルや薔薇にチューリップなど、花や草木の意匠なのだから徹底している。

あまり圧迫感を覚えないのは、品物の陳列の仕方が良いからだろう。

この空間に、本物の花がないことが不思議なほど草花で満ちていたのだった。

「さあ、こちらにおいで。まずは大まかなことを説明しておこう」

呆然と立ち尽くしていたローザだったが、店の奥から呼ぶアルヴィンの声にはっと我に返る。熱を持つ頬を感じながらも、商品に触れないようスカートを押さえて、慎重に奥へと進んだ。

表からはすぐに見えなかったが、奥には店内を見渡せる位置に机と椅子があり、そこが彼の居場所だとわかる。近くには深緑のビロードが張られた肘掛け付きの瀟洒な椅子が据えられており、隣にあるサイドテーブルには、猫のエセルが丸まっていた。

「仕事についてだけど、まず店に何が置いてあるか覚えてもらおうか。リストがあるから、それを頼りにして欲しい。疑問点があれば何度でも聞いてくれて構わない。僕は店に客がいない時は研究をしているから、質問にはいつでも応じるよ」

「は、はい。え、研究ですか？」

渡された冊子を慌てて受け取ったローザが聞き返すと、アルヴィンは頷(うなず)く。

「僕は妖精学者(フェアリースコラー)なんだ」

学問を探究する研究者は教養ある中流階級(ミドルクラス)だ。しかし、妖精を対象とした学問など、ローザは聞いたことがない。お金と時間に余裕がある貴族であれば、変わった学問を専攻することもあるだろうが、彼は骨董屋(こっとうや)の店主である。

ますます謎が深まりローザは困惑するが、アルヴィンにくるりと体の向きを変えられ、肩を押された。ぽすんと座らされたのは、ローザが眺めていた椅子だ。

戸惑いのまま見上げると、アルヴィンは微笑のまま続けた。

「今日からここが君の場所だ。椅子や机が気に入らなければ、バックヤードにあるものを何でも使って構わない。接客していない間は、好きなことをして良いよ」

聞き流してはいけないことをさらりと言われた。

「あぁぁぁの！　接客をわたしがするのでしょうか！」

即座に立ちあがったローザが悲鳴のように声を上げると、アルヴィンが不思議そうに小首をかしげる。

「おや、従業員にすると言っていなかったかな」

「おっしゃって……ではなく、言ってました、けど、てっきり掃除や事務などの雑用かと考えて……いまして……わたし、このような姿ですよ……？」

なんとか言葉を選んで話せたと安堵したが、アルヴィンに不思議そうにされてしまう。

「もちろん雑用もお願いするだろうけど、客の相手をしてもらう方が多いと思うよ」

ローザは彼と話がかみ合っていないらしいと途方に暮れた。

しかし、救い主はきちんと現れる。

遅れて店内に入っていたクレアが呆れて、アルヴィンに詰め寄ったのだ。

「アルヴィンさん、従業員にするのはわかりましたけど、最低限の支度はしてあげなきゃ！　あなたが気にせずとも、この店に来るお客様は彼女の格好じゃだめですよ」

よくぞ言ってくれたと感謝したい気持ちで、ローザは激しく頷く。アルヴィンは改めてローザを眺め直した。

「そう、かな。いや、確かになにか足りないかもしれない……？」

「ええそうです。従業員を雇うのはとても喜ばしいです。でもあなたが大して気にしないとしても、お客様を迎えるんでしたら整えてあげないと本人も肩身が狭いですよ！」

ふくよかな体を揺すりながら、クレアはきりっとローザへ向き直る。

「あいさつが遅れたわ。はじめまして、私はクレア・モーリスよ。クレアでもモーリスでも良いわ。通いでアルヴィンさんの家の掃除と、食事を用意しているの」

「ロザリンド・エブリン……です」

ローザがとっさに背筋を伸ばして腰を落とすと、ぱちくりとクレアは目を瞬いた。

「あらまあ、完璧なお辞儀だこと。この店に来るお嬢様みたいだわ。もしかしてどこか良いところにおつとめだった？　でもそれにしてはちょっと若すぎるかしら。アルヴィンさん、人との距離が近いし、勢いに押されてしまったのでしょう。ごめんなさいねえ。お店にお花を飾ったらどう？　ってアルヴィンさんに提案したのは私なのよ。まさか人を花と称して連れてくるなんて、思ってもみなかったの」

「けれどローザが薔薇みたいなのは本当だろう？」

「可愛らしいとは思いますけど、それとこれとは別です。アルヴィンさんが普通の人の発想なんてするわけがなかったわ。……ほらエブリンさん、こんな風に平気で女ったらしな言い回しをしますから気をつけてね。ところで親御さんは心配してないかしら」

アルヴィンの言葉も一蹴したクレアにまくし立てられる。ローザは圧倒されたが、まだ生々しい痛みが鮮明になるのを感じつつ答えた。

「あの、わたしはもう十八歳ですし、親は亡くなりましたので……」

クレアは驚きを露わにした。

「ええ!? そうなのっ。てっきり十四歳くらいかと……あっごめんなさいね！ 小柄だし、全然そうは見えなくて……」

クレアの率直な物言いにローザは縮こまりながらも、諦めの笑みを浮かべる。

そう、ローザは人よりも成長が遅いらしく、同じ年代の娘に比べてずっと小柄で、年相応に見られたことがなかった。おかげでたびたび年齢を確認されるが、それでも人を不快にさせるよりはずっと良い。

「前の勤め先も、解雇されてしまったので、働き口を、頂けるのは、ありがたいのです」

「まあ、それなら、よいの、だけれど……ええうん、そうだわ。これからは同僚になるんだもの、困ったことがあれば是非相談してね。せっかくアルヴィンさんが従業員を入れる気になったんですもの。あのバックヤードもいずれは綺麗になるはず！」

「クレア、バックヤードと僕の部屋は手を入れないでね」

アルヴィンが朗らかながら釘を刺すように言うと、クレアは悔しそうにする。

「もう、耳にたこができるくらい聞きました！　ものを動かされるのが嫌なんですよね！　あんな雑然とした中でどうしてものの位置がわかるかわからないし、整頓した方が良いと思うんですけどね。できれば、お店以外の場所も掃除させていただきたいところですもの。では私は仕事に入りますね」

「今日からローザの分の食事もお願いするよ」

のんびりとアルヴィンが了承するなり、クレアは店奥の扉を開けて消えていく。

「さあ、君にも奥を案内しようか」

大丈夫、なのだろうか。

ローザは不安しかなかったが、アルヴィンに開けられた扉をくぐるしかなかった。

結論を語れば、全く大丈夫ではなかった。

自分のスペースだといわれた椅子に座り込み、ローザは必死に渡された冊子に目を落としていた。頭に入っているかはわからないが、そうでもしないとこの場に居られなくなりそうだったのだ。

客が来てしまったので、ローザへの説明は一旦中断し、アルヴィンは接客に向かった。

それ以降、入れ替わり立ち替わり客が訪れて切れ間がない。

現在店内では、流行の腰のあたりが膨らんだバッスル型のドレスで着飾った婦人達が、アルヴィンと歓談しながら品物を眺めている。

いや主に、アルヴィンとの会話を楽しんでいるようだ。

「ねえホワイトさん、見てくださいな。今は妖精の刺繍が流行っているのはご存じ？

このスカーフに合うブローチを探しに来ましたの」

肩のスカーフを外した婦人が刺繍を見せると、アルヴィンは興味深そうに見つめる。

「これはすてきな小さな人々だ。花と同じくらい小さく描かれているから、ピクシーがモチーフだろうね。きっとあなたを楽しい気分にもさせてくれるはずだ」

「ふふふ、ありがとう。妖精の意匠は仕立屋ハベトロットが出している図案が有名だけれど、この刺繍もなかなかでしょう」

「確かに。ただピクシーは少々いたずら好きな部分もあるから、そのままにしておくのは少し心配だね、それなら――」

言いつつ、アルヴィンはショーケースから装飾品を一つ取り出した。まるで花束のような意匠の銀細工の地に色石がちりばめられたブローチを見て、婦人の目が輝く。

「このジャルディネッティのブローチはどうだろう。ジャルディネッティはリタール国の言葉で〝小さな庭〟を意味する、多くの小さな色石をちりばめた意匠だ。これだけ多くの花があれば、きっとピクシーも楽しんでくれるだろう」

芝居のような浮き世離れした言い回しも、妖精のようなアルヴィンにはよく似合う。

ジャルディネッティのブローチは、今見ている冊子に載っていた。ローザがページをめくると、値段と製作時期が書かれていて、密かに息を呑む。

あの一つで、ローザが一ヵ月はゆうに暮らせる。

だが婦人は気に入ったらしく、買うことを即決したのだ。

「ええ、とても良いわね。気に入ったわ。包んでくれる？」

アルヴィン達のやりとりを見ていた女性客二人組の会話が、ローザの耳に入ってきた。

「さすが妖精店主と呼ばれている方だわ。妖精に関することは何でも知っているもの」

「店主が若すぎるから、信用できないってパパは言っていたけど、悪い人ではないわ。妖精が関わるお話を集めている、というのは確かに不思議だけど」

「そうねえ、エルギスは妖精との契約で生まれた国だなんて言われているけど、ただの伝説だし。産業で繁栄している今では、ねえ」

思わせぶりに語る女性客の話は、その通りだった。

この店に来る人達は皆アルヴィンを「妖精店主」と呼ぶ。事実店舗には、花に紛れて妖精がモチーフに使われた調度品や小物が数多く並んでいる。

妖精女王との契約をまとめた功績で、妖精公爵と呼ばれる貴族がいるらしいが、妖精自体はあくまで伝承だ。妖精は少し前までエルギス正教によって悪魔として排斥されていた歴史もある。科学工業技術によって国が繁栄した今では、お伽噺にしか残らない。

だが、この店には多くの妖精が息づいている。その中で自身が妖精と称されてもおかしくないアルヴィンは、とても良く馴染んでいた。

ローザとは、大違いで。ますます自分のみすぼらしさが際立つようで、アルヴィンの「店に居てくれたら良いと思った」という言葉には正直耳を疑うばかりだ。

「ちょっと、あの子……」

女性客の一人の声に、ローザはびくんと体が震えた。

きらきらした空間でも見劣りしない女性達が、身を縮めるローザを見つけてしまう。見なければ良いのにそっと顔を上げると、彼女達はこちらを見てひそひそと言葉を交わしている。視線に訝しげな色があった。やはり場違いだと、誰でも思うだろう。

たまらなくなったローザは、立ちあがると扉を開けて奥へ逃げ込んだ。

扉の先はバックヤードだ。表に並べきれない商品を置く場所だと説明を受けている。

店舗と同じくらい広々とした空間には、まっすぐ歩けないほど所狭しと物品が並んでいた。大半が布や紙にくるまれているが、どれもが優美で高価な代物だろう。

しかしながら部屋のあちこちは埃まみれで空気が籠もっており、お世辞にも居心地が良いとはいえない。銀器は曇りきっており、並んでいる調度品もどこかくすんでいる。

だが今のローザにとっては、きらきらした美しい空間よりずっとましだった。

あたりを見渡すと、隅に木製のロッカーが置かれているのを見つけた。開いてみると、箒(ほうき)やモップと共に掃除道具一式が収められた木製の箱……お手伝いさんの箱(ハウスメイズボックス)がある。

その中に、「トンプソンクリーニング社製」と書かれた磨き剤の容器を見つけて、ローザは少し複雑な気分に浸る。

病弱な母を支えるため、小さい頃のローザはアパートの住民の家で掃除を請け負っていた。賃金は花を一つ売るのと同じくらいたいしたことはない。それでも掃除は一人で黙々と進められるため、ローザの性に合っていたのだ。

その縁で、就職先も紹介してもらえたのだから、良い経験だったと思う。

だから、こういった部屋を見ると、そわそわとしてしまう。

「埃を、掃くだけ、でしたら……」

冊子をテーブルに置いたローザは、半ば無意識に箒を手にしていた。

「ローザ」

背後から名前を呼ばれ、ぞうきんを動かしていたローザははっと振り向く。

入り口にはいつの間にかアルヴィンがいて、しげしげと室内を見渡していた。

ようやくローザは、軽くのつもりが本格的に掃除をしてしまっていたと我にかえり、余計なことをしたと青ざめた。

「あの、あのあの、無断で……じゃなくて、か、勝手を……」

「待って、ローザ。君が言葉に詰まるのは、発音と言葉を選んでいるからだろう？」

言葉がうまく出てこず焦っていたローザは、アルヴィンに指摘されて口を噤んだ。

確かに発音が気取っているとよく言われるから、発音と言い回しを選んで遅れがちになり、まともにしゃべれないという悪循環に陥っていた。

さほど言葉を交わしていないはずのアルヴィンに、指摘されるとは思わなかった。

「どう、して」

驚いたローザが見返すと彼は微笑んで言った。

「君が詰まるのは、訛りが出やすい単語や言い回しの時ばかりだからね。ここでは君が話しやすい言葉使いで良い。僕は気にしないしクレアもそうだ。君の発音は綺麗だから」

賞賛の言葉にローザが面食らっていると、アルヴィンは感心した様子で続けた。

「それに、バックヤードを掃除したことも、驚いたけれど構わないよ。荷物の位置は一つも変えていないみたいだ」

彼は置いてある瓶を手にとり、問題ないことを確認するとますます嬉しそうにする。

ローザは、本当に良いのだろうかと思いつつもおずおずと話しかけた。

「物を、動かされるのはお嫌いだと、聞いており、ました。高価なもの、ばかりですし、品物には手をつけず、埃を掃いて床も磨ける範囲で磨きました。怒って……おられませんか」

「うん、その言葉遣いのほうがずっと良い。怒っているかはわからないけれど、この空間は心地よいと感じているよ。クレアは料理はおいしいけれど、おおざっぱなところがあるから、僕が頼んだ分類にはしてくれないんだ。けれど君は埃もちりも綺麗にして、床まで磨いているのに、物はそのままだ。まるでブラウニーみたいに掃除上手な働き者だね」

こわごわと、楽な言葉使いにしたのだが、「ずっと良い」と言われて肩の力が抜ける。

さらに、アルヴィンが怒っていないと感じてどっと安堵(あんど)したローザだったが、「ブラウニー」と称されて現実に引き戻された。

「品物の扱い方を覚えたら、手入れもしてもらえるかな。そうすれば僕も研究の時間を多く取れるかもしれないな」

「あの、ホワイトさんっ」

ローザが思い切って呼びかけると、アルヴィンは初めて眉尻を下げる。

それを忌避と困惑だと感じたローザは戸惑い、ぎゅっと箒の柄を握った。

「名字で呼ばれると自分だと思えないから、アルヴィンで良いよ。それでだけど」

男性を名前で呼ぶなんて、とローザの顔は赤らむが、アルヴィンにずいと覗(のぞ)き込(こ)まれたことで、それどころではなくなる。さらに頬にまで手を添えられて硬直した。

「頬は強(こわ)ばっているし、ずっと視線も合わない。体温も低いね。話していない時には口角も下がっている。恐怖と強い不安を感じているだろう？　何か嫌なことがあるのかな」

「嫌な、わけでは、ございません……」

ローザは気まずい気持ちになったが、よい機会だと思い直した。

「わたしは、やはりこちらに相応しくないと、思うのです。わたしは、ブラウニーみたいに薄汚くて、醜い労働者階級です。お店に、いらっしゃるお客様が見たら、きっと幻滅してしまいます。わたしも、まともに目も合わせられませんし……本当は接客なんてできないのに、甘えてしまって……申し訳ありません」

語るうちに、どんどん気持ちは沈んでいく。

この国で身分の差というのは目に見えずとも厳然と存在する。このような店は、とうていローザがいて良い場所ではないのだ。

高望みをしてしまったけれど、迷惑をかける前に、諦めよう。

だが頭を下げるローザの頭上に落ちてきたのは、おかしそうな笑い声だ。

ローザがよく聞いた、小馬鹿にするような笑いではなく、楽しそうな声である。

あれ、と顔を上げると、アルヴィンが朗らかに言った。

「誤解をさせてしまったんだね。僕の言葉は仕事ぶりがブラウニーらしいという比喩のつもりだったんだ。けれどよかった。僕の店に入った時の君の表情は、頰が赤に染まって青い目も輝いていたから、気に入ってくれたのだと認識していたけど、間違っていないね」

「あのっその……はい」

ローザの顔が真っ赤に染まった。まさにこの青薔薇に入ったとたん、こんなに美しい場所で働けるのかと胸が弾んでいた。

前髪で表情が見づらいだろうに、アルヴィンはとてもよく見ている。

当の彼はローザの羞恥をよそに、楽しげに銀灰の瞳を輝かせた。

「そもそもブラウニーは世間では醜い妖精くらいにしか思われていないけど、とんでもない。正当な報酬を用意すれば、家事を手伝ってくれると伝えられる、勤勉で家事好きな妖精だ。エルギスの各地方で伝承されていて、その土地ごとに特色があったりするけど、ここは割愛しておこう。大事なのは特徴と性質だ」

「は、はあ」

饒舌（じょうぜつ）な語りにローザは目を白黒させたが、彼は全く頓着せず生き生きと続けた。

「ブラウニーの由来は、茶色く毛むくじゃらな小さな人の姿をしているところからだ。茶色のぼろを着ている部分からも来ているね。……確かに小さいし茶色い服を着ているし、ローザにも当てはまるだろう」

「はい、そうですね……」

「おや？　なぜ落ち込んでいるのかわからないけど……さあ、顔をよく見せて。君は、鼻がないわけでもないし、指に水かきがついているわけでもない。背は小さいけれど至って標準的な女の子だ。では性質はどうかだね。ローザ、こちらにおいで」

手を握られ連れてこられたのは、再びの店舗部分だ。

そこで、アルヴィンはローザに期待の眼差しを向けて問いかける。

「ここは綺麗に整頓されていると思うけど、散らかしたくならないだろうか」

「そのようなこと思いませんっ！」

こんなに美しい配置をしているのになぜ散らかす必要があるのか。動揺したローザが答えると、なぜか彼は少々残念そうにしながらも頷いた。

「そうか……。ブラウニーはとてもひねくれ者な一面がある。散らかった部屋は綺麗にし、綺麗な部屋は散らかすと言い伝えられているんだ。そういう気持ちにならないのであれば、残念だけれど、君がブラウニーである可能性は低いよ」

残念そうに肩を落としながらも締めくくったアルヴィンに、ローザはぽかんとした。

彼はローザの比喩を、そのままの言葉として受け取った上で大まじめに否定してきたのだ。なめらかな語り口に圧倒されてしまったが、はっと我に返る。

「残念、なのですか？」

「ああ、残念だ。なぜなら僕は、妖精に会うためにこの店を経営しているからね」

当然のごとく答えたアルヴィンに、ローザはまた言葉を失う。

はじめはとても貴族的だと感じたが、ようやく腑に落ちた。

この青年は、美しい外見とは裏腹に、中身はとても残念な変人である。

「いや、君がひねくれ者のブラウニーらしく、真逆の言葉を語った可能性もあるのか。ならこれは証明にはならないな……もう一つの理由も気になるし……」

なぜかまた悩み始めてしまうアルヴィンだったが、カラン、とスズランのドアベルが響いたことで入り口を向く。

ローザも同じく見ると、店舗に入ってきたのは、十一、二歳くらいの少年だった。

ぶかぶかのジャケットの袖と、膝につぎあてのあるズボンの裾をまくり上げている。多少こぎれいにしている様子だったが、顔についている汚れが拭いきれていない。眉間にしわを寄せ、睨むようにこちらを見つめる頬には治りかけの痣がある。それでも、小さな頃から働いている子供特有のさかしげな様子が滲んでいた。

ローザと同じ、労働者階級の少年だった。

少年は奥にいるアルヴィンとローザに気付くと、硬い表情でずんずんと近づいてきた。

そして、アルヴィンを下からぐうっと睨みあげる。

「あんたが、妖精のことならなんでも解決してくれる学者か」

「正確には妖精が関わる話を収集しているのだけど、妖精が関われば相談に乗っているのも本当だ。君の名前と、用向きは?」

アルヴィンが微笑のまま問いかけると、少年はジャケットの内側から、布に包まれたものを取り出した。

布は美しい刺繡が施されたハンカチで、中身は金属でできた精緻な細工物だった。

円錐型(えんすいけい)をしており、おそらくは銀製だろう。銀の花弁で作られた花々が周囲を飾っていて、まるで花束のようだ。ブローチだろうか、とローザは思った。

ハンカチは、茶色いシミができてしまっているが、縁には色とりどりの刺繍糸で細やかな刺繍が施されている。どちらも、素人目に見ても良い品である。

「おれはコリン。この落とし物を持ち主に返してーんだ。妖精学者(フェアリースコラー)ならできんだろ！」

少年のはきはきとした挑むような声に、ローザが改めて見直す。ハンカチに施された刺繍では、小さな子供のような妖精がブルーベルと戯れていたのだった。

「おれは、街頭で金物修理の呼び子してんだ。金物修理だけじゃやっていけねーから、靴磨きとか雑用もすんだけどな。で、その最中に、へましちまって怪我(けが)をしたおれにハンカチを貸してくれた奥さんが、このブローチを落としていったのさ。その人は妖精みてーに綺麗な人だった。あんたにだって負けねぇ」

コリンはまるであらかじめ用意していたかのように、滔々(とうとう)とまくし立てる。

ハンカチについている汚れは、傷を押さえた時のものか、とローザは納得した。血液は洗濯の手順を間違えるとなかなか落ちないのだ。

話の間もしげしげとコリンの手元を見つめていたアルヴィンはブローチに手を伸ばすが、彼はすぐに手を引いた。警戒心も露(あら)わに、アルヴィンを睨み付ける。

「どうして逃げるのかな」

「おれはまだあんたを信用してねえ。言いがかりをつけて盗（と）るかもしれねーだろ。おれは、ハンカチは貸してもらったし、ブローチも拾っただけだ。あんな妖精みてーな人から物を盗むわけがねーじゃねえか！　この話を受けるって約束してくれなきゃ渡せねーな」

「なるほど。君は、僕がこのハンカチとブローチが盗品だと疑うと考えているのだね」

「知ってんだよ。お上品なやつらはみんな、おれみてーなガキはスリだと思い込んでっからな。おれには立派な仕事があんのによ！　取り上げて売り払われちゃ困んだ！」

吐き捨てたコリンの言葉は、全くその通りだった。

このエルギスには純然たる階級がある。

アレクサンドラ女王陛下に仕え、爵位と領地を戴（いただ）き国政を動かす貴族達上流階級（アッパークラス）。

爵位は無くとも、財力や才覚によって貴族にも劣らぬ影響力を持つ紳士（ジェントリ）、中上流階級（アッパーミドルクラス）。

慎（つつ）ましくも、豊かな生活を送る中流階級（ミドルクラス）。

そして、豊かな生活を送る人々を支え、日々の食事のために必死に働く労働者階級（ワーキングクラス）。

階級によって自然と利用する町や店は分かれており、パブ一つ取っても、中上流階級が利用する店と、労働者階級が騒ぐ店は違う。

だからローザは、明らかに中上流階級向けの店だった青薔薇骨董店（ブルーローズアンティーク）を前にして怯（ひる）んだ。コリンの場合は利用するどころか、近づこうとすら思わない店のはずだ。

だから、たいてい店主も信用しない。

分不相応な客は、けんもほろろに追い払うか、いいように利用するだけだ。

この少年は、それをよく知っているのだろう。

「そんで、受けてくれんのか、くれねーのか。もちろん報酬は払うぜ。ここはまあ、信用の世界だかんな。前金で出す」

ブローチを脇にあったテーブルに置いたコリンは、懐から巾着を取り出すと、ざらざらと硬貨を取り出した。一つ一つの額は小さいが、それなりの量である。コリンにとっては一ヵ月分の給料になるのではないだろうか。

「なあ、金も出すんだ。おれを客と扱ってくれよ!」

ローザはコリンのつっけんどんな態度が、虚勢だと感じていた。

彼の言葉は労働者階級らしく乱暴だったが、それは自分が傷つけられることを怖がり守るためのもの。必死さは本物で、頼み事をしたいのもおそらく本当なのだろう。

昔から、ローザは人の感情に敏感だった。母が表情に乏しい人だったせいなのか、それとも視線に過剰に反応してしまうせいなのかはわからない。ただ相手の気持ちを言い当てて、気味悪がられたことがあるほど、相手が何を感じているのか察することができた。

だから、コリンは本当にアルヴィンを頼ってきたのだと納得をする。けれど、はたしてアルヴィンはどう受け取るのだろうか。

ローザがアルヴィンの陰で見守っていると、アルヴィンは机にばらまかれた「前金」を見て、ふむと顎に手を当てる。

「落とし物なら警察に行くのが順当だと思うけど……」

「サツなんざ信用できっかよ！　あいつらおれをぶん殴るだけだぜ！」

「まあ、そういう警察ばかりではないとはいえ、世間ではそのように捉えられているね。だから警察以外の調査機関を頼ろうとしたけれど、この金額では、探偵に依頼するにしても難しい。それとも、探偵には行って門前払いをされただろうか」

「っ！」

息を呑むコリンに、アルヴィンはずいと身を乗り出すと、いきなり手をとる。

ああ、この対応は自分だけではないのだな、とローザは妙に感心した。

「視線がそれて手汗もかなり多くなっている。この推測は合っているようだ。ところで、君が握りしめているハンカチが汗で濡れてしまうけど、大丈夫かな」

「なっにすんだよ！」

焦ったコリンは手を振り払うが、手汗は気になったようで、ハンカチはそっとテーブルに置く。アルヴィンは手を振り払われたのを気にした様子はなく、微笑みのまま続けた。

「それと、僕は探偵ではないから、報酬はいらない。欲しいのは妖精が絡む出来事だけだ。だから受けようか」

「……は？」

「えっ」

あまりにもあっさりと了承されて、ローザもまた驚きの声を上げる。

コリンはそこでようやく、アルヴィンの陰にいたローザに気付いたようだ。

訝しげにじろじろと見られてローザは縮こまる。だが、アルヴィンの了承が本気なのか気になり、彼をそろりと見上げた。

ローザの目には横顔しか見えなかったが、彼の気ままな態度は変わらず、テーブルに置かれたハンカチを手にとり、刺繡をじっくりと眺めている。

「お、おいっ大事に扱えよ！　てか本当に受けてくれんのか!?」

「手がかりとしては、ハンカチでなんとかなりそうだ。なにより、君はその奥さんのことを『妖精のような人』と称しただろう。僕としてはとても気になるね」

「はあ!?」

期待と好奇心に満ちたアルヴィンに、コリンはハンカチを取り返そうとする手を止めてあっけにとられる。

しかし、コリンをじっくりと眺めたアルヴィンは困ったように眉尻を下げた。

「とはいえハンカチは必要だ。僕を信用してもらうためにも……うん、これが良いか」

アルヴィンがショーケースの中から取り出したのは、華やかな色彩のエナメルで着色されたブローチだった。楕円形(だえんけい)の表面には、驚くほど細かく庭園が描かれている。

「エナメル製のブローチだ。春の庭園を再現した細工が秀逸でね。ハンカチを預かる代わりに渡しておこう。終わったら返してくれれば良いよ」

「えっあっは!?」

ブローチを入れた革製の巾着袋を差し出されたコリンは、絶句してアルヴィンを見上げる。当然だろう、少なくともコリンが前金と称して出した金額より、明らかに高価なものをぽんと出されたのだから。

「あんた、なんで、おれを信じてくれんだ……」

コリンは信じられないとばかりに、恐れを感じさせる表情で口にする。

銀色の美しい青年は、不思議そうに小首をかしげるだけだ。

「君は、この店に入ってくるときからずっと緊張をしているだろう？ その眉間のしわから口角の強(こわ)ばり、先ほど握った手の冷たさまで、恐怖を如実に表している。声は震えていて虚勢を張っていると知るのは簡単だ。はじめは隠し事があるのかと考えたけれど、君が『妖精のような人』について発する声の調子から、物品を返したいこと自体に嘘(うそ)はないと判断できる。そもそもだけど、返したいと嘘をついて君に益があるのかな」

「いや、なんも、ねえけど……」

コリンが気が抜けたような声を漏らす。

確かにそうだ。普通の中流階級なら、頭ごなしに否定するというだけで。

ただ、とローザは思う。彼は夕方から出てくる花売りが娼婦だという話も知らなかったほど世間ずれをしていない。そのせいで、言葉通りに受け取ってくれたのかもしれない。

彼の言葉は、驚くほど率直だが、同時に驚くほど嘘がないのだ。

ローザは改めて、アルヴィンは普通の中流階級と違うのかもしれないと思い始めた。

その間も、アルヴィンは滔々と語る。

「僕は妖精に出会える可能性があるのなら、一つも逃したくない。君の話は確かに少々目的から外れるけれど、布教活動と思えば許容範囲さ」

「おれ、妖精なんて、信じてねー……」

「それは知っている。けれど、僕を頼ってくれたということは、妖精についてならここだと思ってくれたのだよね、それで充分だ。さあ、どうする？」

唾を呑んだコリンは逡巡していたが、きっと目をつり上げて、巾着を受け取った。

「わかった、おれの誇りにかけて、絶対傷つけずに返す。けど、ブローチはまだ渡せねー。だからあの人を見つけてくれたら、渡すってことでもいーか」

「もちろんだ。一週間後にまたおいで」

アルヴィンは穏やかな微笑みのまま、了承したのだった。

いくつか質問をしたあと、アルヴィンはコリンを帰した。

万年筆で手帳にさらさらと書き記す彼に、ローザはおずおずと声をかける。

「ホワ……アルヴィンさん。本当に、彼の人捜しを引き受けて、くださるのですか」

名前で呼んでくれと願われたことを思い出し、言い直した。だがアルヴィンは気にした風もなく、ハンカチの刺繍を眺めながら答える。

「引き受けるし、調べるよ。むしろ骨董店のほうが副業なんだ。妖精の話を集めるために店を開いた結果、花の意匠ばかり集まるようになっただけで、実際は妖精専門なんだよ」

確かに、妖精は花から生まれ、草花や木々を元気にさせる力を持つとも言い伝えられている。なにより妖精は様々ないたずらと同時に、幸福を授ける存在でもあった。

このエルギスでは装飾としてだけでなく、お守りとしても花や草木の意匠には妖精が添えられることがよくある。

ローザは、先ほどアルヴィンが語った言葉が引っかかっていた。

「アルヴィンさんは、わたしにも妖精に会いたいと、おっしゃっていましたが……」

本気なのか、とまではさすがに言葉にできなかったが、彼はローザが目を伏せた反応で理解したらしい。

「そうだね、産業革命によって著しく文明が発展したエルギスの人間は、妖精を空想上の存在と考えている。僕も概ね同意見だよ」

「えっでは、なぜ……？」

　まさか自ら妖精を否定するとは思わず顔を上げると、アルヴィンは屈託なく語った。

「僕はね、妖精の大半は得体の知れない現象や存在に、過去の人々が納得できる説明を付けようと解釈した結果、生み出されたものと考えているんだ。あるいはしつけや教訓を効果的に伝えるために利用された。たとえばプーカを知っているかな。子供を寝かしつけるときに必ず使われる脅し文句に出てくる妖精なんだけど」

「『よい子にしていないと、クロゼットからプーカが現れるよ！』というものですか」

　ローザは母から言われたことはないが、近所に住んでいる子供が、そう脅された結果、部屋で眠れなくなったのを思い出す。

「あれはね、なかなか眠らない子供を寝かしつけるために母親達が生み出した説が有力だ。他にも科学で解明される前の自然現象が妖精の仕業と語られることもあるし、偶然の符合で生まれた妖精も少なからずいる。人はそうして妖精を利用してきたとも言えるね。だから、本物と偽物の境はとても曖昧なんだ」

　アルヴィンは、先ほどまでの浮き世離れした様子とは打って変わり、銀灰色の瞳に理知的な色を強く感じた。全く違う人のようにすら思え、ローザは彼を見上げるしかない。

「そういった解釈と想像の妖精達の中に、ほんのひとかけら、本物の神秘が混ざっている可能性がある。だからこそ、僕はより多くの妖精の話を収集するんだ。真偽は僕が読み解けばいいからね」

「だから、コリンくんの話を受けてくれたのですか」

「そうだよ。あの子はまさに、妖精という大枠で僕を頼ってくれた典型だ。妖精に親しむ人が増えれば、たとえ本気で信じていない人々だったとしても『もしかして……』と考えて話を持ち込んでくれる。コリンは僕の試みが成功した証しのような子なんだよ」

朗らかに語るアルヴィンに、ローザは少しだけ、彼に対する印象を修正した。アルヴィンは本気で妖精に会うために行動していても、現実をちゃんと見据えているのだ。それでも、やはり店の経営が副業と語るような変な人であることに違いはないが。

ローザは自分の考えに気を取られていたせいで、丁寧にハンカチを懐に入れたアルヴィンが向き直ったのに反応が遅れた。

「それに、今回の調査はローザに僕の仕事を知ってもらうのに、ちょうど良いと思ったんだよ。君がブラウニーじゃないと証明するためにもね」

「あの、別にわたしは、気にして、おりませんので……」

そこまでしなくともと思うのだが、アルヴィンは意外に頑固だ。

「そうしなければ、君に安心して働いてもらえないだろう？　僕はここにいてもらいたい。だからね、ローザ。今から出かけようか」

アルヴィンに確定事項で語られてしまったローザは、途方に暮れる。

その時、奥から低い声が響いた。

「アルヴィンさん、私の昼食を放置して、どこへ行くんです？」

ローザが振り返ると、笑顔のクレアが立っていた。

だがローザには、彼女が若干不機嫌なのが感じられた。しかも、彼女からはおいしそうなグレイビーソースの香ばしい匂いが漂ってくる。

くう、とローザの腹が鳴った。

真っ赤になって腹を押さえたが時すでに遅く、アルヴィンが目を瞬く。

「おや、ローザお腹が空いているのかい」

「普段は一日一食なのですが、昨日から、なにも食べていないのを思い出しまして……」

正直に言う必要はなかったのに、口が滑ってしまった。ますますうつむくばかりだ。

最近、家賃を工面するために食事代を切り詰めていたのだ。しかも今日の朝は青薔薇を訪ねるために緊張していて、食べるどころではなかった。

ローザの空腹を知ったクレアは、大きな声を響かせた。

「まあ、まあ！　それはいけないわ！　最近は砂時計のような体つきがもてはやされますけどね、女の子がやせすぎるとろくなことがないんだから！　じゃあ消化に良いスープも作りましょうね。アルヴィンさん、お腹を空かせたままのロザリンドさんを連れて行くなんて、私が許しませんからね！」

「そうだね、外出はお昼を食べたらだ」

クレアの言葉にアルヴィンも同意し、ローザは背を押されるように食堂へ向かう。

くぁ、と大きくあくびをした猫のエセルが、ローザの足下に絡むように続いた。


地下の食堂で出されたのは、ローストして薄切りにした牛肉をグレイビーソースで温めたものだった。噛(か)むと肉のうま味が口いっぱいに溢(あふ)れ、とても幸福な気持ちになる。

クルトンの浮いたスープは適度な塩気と奥深い滋味が感じられてお腹に染み、ジャガイモやパンがいくらでも入ってしまう。

母がいた頃でも、ビスケットと紅茶ですませていたのに、こんなに豪華な昼食は久しぶりだ。アルヴィンのところでは、昼だけをしっかり食べるのだろうかと思ったのだが、クレアはさらに、夕飯も作るのだという。

「アルヴィンさんは食べられれば何でも良いって態度で、無頓着なのよ。だから温めれば食べられるものを用意しておくの。でもこれからはロザリンドさんの分も作るから、もう少し改善させてみせるわ」

「お腹が満たされたら、とりあえずは動けるからね」

「あなたはそれで良くとも、グリフィスさんはそういうわけにはいかないんです！」

クレアの熱い思いのおかげで、ローザは久々にお腹がいっぱいになったのだった。

　だがしかし、その幸せな気持ちは辻馬車に乗り、連れてこられた場所……明らかに中流階級以上が利用する仕立屋の前で消え去った。

　フロックコートに帽子を被るアルヴィンは、貴族のような品の良さを感じさせる。

　そんな彼は怯むローザなど意に介さず、瀟洒な両扉を開いて入店してしまった。

　店内は、美しいものを美しく詰め込んだ空間だった。

　最新流行の様々なドレスが着せられたトルソーや、目が覚めるような色鮮やかな布が棚に詰め込まれ、リボンやレースが所狭しと並んでいる。目に楽しい華やかな光景だ。

　従業員らしき女性達も、色味としては地味でも、よくよく見ればドレスの形は凝っている。きびきびと働いており、一つ一つの所作も洗練されていてローザは目を見張ったが、それも、彼女達がこちらに気付くまでだ。

　このようなところ、ローザが来てはいけない場所の最たるものではないか。

　ローザがそう思っても、アルヴィンに片腕を掴まれていて動けない。

　すぐさま奥から現れたのは、華やかなドレスに身を包んだ妙齢の人だった。首元まできっちりと襟が詰まり、腰の後ろあたりでスカートが膨らむのは流行のバッスルスタイルだ。しかし全体的なシルエットはすんなりとしていて、斬新さを感じさせる。ローザの素人目でも素晴らしいドレスは、その人の美しさを引き立てていた。

淡い榛色の髪を綺麗に結い上げて、きりっとした目元の化粧がよく似合っている。

その人は、銀色の美貌のアルヴィンに気付くと、ぱあっと表情を輝かせた。

「アルヴィン！　私のミューズ！」

「やあ、ミシェル。相変わらず美しい装いだね」

アルヴィンにミシェルと呼ばれたその人は、得意げな顔をする。

「ふふ、当然でしょう？　この仕立屋ハベトロットは、女性を幸福にするドレスを仕立てるんですもの。店主の私が、美しくなければどうするの。……で、今日はどうなさったの？　ずいぶん珍しい子を連れているみたいだけど」

異国の訛りが入った発音で、女性にしては低い声で応じたミシェルは、アルヴィンの背後にいるローザを見る。

好奇心と値踏みの気配を感じたローザは、不快ではないものの反射的に下を向く。

そんなローザの両肩にぽん、とアルヴィンの手が置かれた。

「実はね、このローザが青薔薇の従業員になったから、制服を仕立てて欲しいんだ」

「まあ！　ちょっとあなた顔を見せてちょうだい！」

「ひぇ⁉」

とうていうつむいていられず、ローザはアルヴィンを振り仰いだ。しかし心底嬉しそうな声をあげたミシェルに顎をとられる。

ずずい、と華やかな美貌が覗き込んでくるどころか、あまつさえ前髪まであげられてローザは硬直するしかない。

じっくりと眺めたミシェルはにんまりとする。

まるで、獲物を見つけた肉食動物のようだった。

「前々から感じていたけれど、あなた本当に美しい物を見つけ出すのが得意ね」

「褒めてもらったのかな、ありがとう。僕からの注文としては、働くための服だけど、彼女が一番綺麗に見えるようにして欲しい。色は鮮やかな青が良いと思うんだ」

「そして美しさを引き出すのがとても上手」

微笑んだまま告げるアルヴィンに唸ったミシェルは、すぐにローザに向き直った。

「とはいえ、すべては磨いてからだわ。今のままじゃ、青薔薇に置いておくにはちぐはぐでみすぼらしい。サーシャ、マリア！」

ぱちん、と指を鳴らすと、即座に従業員の娘達が近づいてくる。

「二階のバスルームでこの子を磨いておいで。採寸もお願い。終わったらそうね、サンプルとして縫い上げた紺のドレスがあったわ。丈を詰めて置いておくからそれを着せて」

「かしこまりました！　さあお嬢様、こちらへどうぞ」

「その、ふぇえ……!?」

「待つ間に、もう一つお願いがあるんだ。この店の刺繍図――……」

アルヴィンは、さらにミシェルと会話をしていたが、ローザはそれどころではない。

にこりと笑った娘達に、問答無用で二階の部屋へ連れて行かれたからだ。

あっという間に服を脱がされると、泡立てられた湯の中で丸洗いをされたあと、そこかしこを計られた。呆然とするローザはもはやされるがままだ。

髪も結い上げられ、良い香りのする化粧水を振りかけられる。最後に首が緩やかに詰まった紺色のボディスと、共布で作られたドレープが寄せられたスカートを着せられた。

そこまでされたところで、なぜか上機嫌のサーシャとマリアに連れられて、応接間らしき個室に通される。

中では、アルヴィンとミシェルがテーブルに向かい話し合っていた。テーブルには刺繍の本やドレスのデザイン画、布の見本がこれでもかと広げられている。

しかしローザ達が現れると、手を止めて顔を上げた。

ローザが後ずさる前に、椅子から立ち上がって近づいてきたミシェルは、ローザを上から下まで眺めた。

「さすが私の従業員ね。前髪を上げたのは大正解よ。ありがとう。業務に戻っていいわ」

「あたし達もとっても磨きがいがありました！」

サーシャとマリアが笑顔を一つ残して去って行くのが、ローザにははっきりと見える。

そう、従業員の二人は、ローザの長い前髪を上げて留めてしまったのだ。

前髪がないために相手がしっかりと見えてしまうローザは、居たたまれずにうつむきかけるが、銀の髪が視界に翻る。覗き込んで来たのは、もちろんアルヴィンだ。

くい、と顎をとられて、まじまじと見られる。

「とても綺麗になった。そうか、足りないと感じたのは整えていなかったからなんだね。これは僕が悪かった」

「ひえ、あの、その」

妖精のようなアルヴィンの美貌が間近になって、ローザは動揺するばかりだ。しかし、すぐさま彼の襟首が引っ張られて離される。

なんとか落ち着いたローザは、アルヴィンを引きはがしてくれたミシェルを見た。

「たとえ恩人でも、女性への無礼な振る舞いは許さないわよ。男性は、許可を取る前に女性に触れないの！」

「そうなのかい。店に来るご婦人達は楽しそうな反応をするから良いのかと思っていた」

「それはあなた目当てに来るからよ。普通は他人にいきなり距離を詰められると、警戒するものだし不愉快になるものなの」

「それはよくない。ローザにも嫌な思いをさせていただろうか」

アルヴィンに存外真剣に確認されて、後ずさりかけたローザだったが、ふるふると首を横に振った。

「あの、他意がないのはわかっていましたから……ですが、驚いてしまうので、できれば控えて欲しいです」

「あら、この人、表面上は人当たりが良いから勘違いする子も多いんだけれど、あなたはそうじゃないみたいね」

ミシェルに面白そうに語られたローザは、困り果てる。なんとなくとしか言いようがないのだが、確かな理由は一つだけある。

「今日、半日拝見しただけですが、アルヴィンさんの対応は、どのようなお客さんでも、変わりませんでしたから」

そう、コリンに対しても、ブローチを買っていった婦人に対しても、その前にいた老年の紳士にも一切言葉遣いも距離感も変えなかったのだ。ならば、ローザに対する態度はけして特別ではないと理解するには充分だった。

そこでローザはアルヴィンに良いと言われたまま、話しやすい言葉使いで話していることに気付き、口を押さえる。

恐る恐るミシェルを窺ったが、ミシェルは言葉については何も言わずただ興味深そうにローザを見下ろしていた。

「そう……頭の回転も良いのね」

小さく呟かれた気がしたが、ミシェルを不快にさせていない安堵に胸をなで下ろしていたローザは内容を聞き逃した。

「ローザでいい？　ねえ、あなたの体に触っていいかしら。数字はわかったけれど、実際に触れて確かめたほうが、よりあなたに合う服が作れるから」

「え、ええと、構いませんが」

確認してくれるのはほっとするが、そこまで気にすることなのだろうか。

戸惑ったローザに、アルヴィンは納得の声で言った。

「なるほど、君はいつもそうやって女性の意思確認をしてるんだね。同じ男として参考になるよ」

「えっ⁉」

あまりに驚きすぎて見上げてしまったが、ミシェルは平然としている。

「隠しているわけじゃないんだけど、あなたみたいに気付かない子も居るから確認しているのよ。で、どう？」

「だい、丈夫ですけど……」

ローザが洗われている間に、ドレスの丈詰めを終わらせるほどの人である。とても職人としての意識が高いのだろう。

ローザの母も、仕立屋の下請けをしていたから、職人の気質や矜持はある程度わかるつもりだ。だから頷くと、ミシェルは淡々とローザの胴から腕のあたりを撫でていく。

「コルセットを使うにしても、ちょっと細すぎるわね。美しくドレスを着るにはある程度肉が必要なのよ。今のサイズで仕立てたら、すぐにきつくなるわ。少し幅を持たせときましょう。アルヴィン、ちゃんと面倒を見る気があるのなら、ご飯を食べさせてね」

「クレアが張り切っているから大丈夫だ。とりあえず今着ている服は貰っていくよ」

ローザは衝撃で忘れていたが、二人のやりとりで、入店時にアルヴィンが「制服を仕立てる」と言っていたことを思い出した。あれは本気だったのだ。

「あああアルヴィンさん！　どどどどうして服を!?　わたし払えませんっ」

動揺でうまく言葉にならなかったが、アルヴィンは察してくれたらしい。

「従業員として必要なものを僕が準備するのは当然だから、気にしなくて良いよ。僕は、君が店に立つ姿が見たいんだ」

「……どうして、ここまでしてくださるのですか。こんな小汚い労働者階級の子供っぽい娘。お店に出たら、迷惑をかけてしまうだけなのに」

彼の思惑がわからず、ローザはうつむくことも忘れて、借り物のスカートを握る。

すると、アルヴィンは心底不思議そうにした。

「そんなに変だろうか。君は物も丁寧に扱うし、歩くのも静かで、言葉も所作も綺麗だ。ともすれば店に来るご婦人達よりもずっと上品だよ。それに僕の店が嫌なわけでもないよね。しきりに身なりを気にしていたから、まずは服を整えようと思ったんだよ」

　まさかそのように言われると思わず、ローザは顔が赤らむ。

　言葉をなくしていると、微かな驚きを込めてミシェルも答えた。

「ええ、ちょっと驚きなのだけれど、話し方も歩き方もとても綺麗よ。話し方だけなら、目をつぶれば上流階級の淑女に聞こえるわ。少なくとも着替えた今のあなたを、労働者階級だと思う人は居ないでしょうね」

　ミシェルにまで肯定されて、ローザはどうしていいかわからない。

　アルヴィンはミシェルの言葉にうなずきながら言った。

「君は、僕とクレアとの会話から僕が物を動かされたくないことを把握して、バックヤードを掃除してくれたね。このことからも、僕は君がお客さんの意図を汲み取って行動できると考えている。すぐにうまく働けなくても、君自身が考えているほど接客ができないとは思わないんだ」

　視線を合わせるように身をかがめた彼は、銀灰の瞳で、露わになったローザの瞳を覗き込んだ。

「だからね、君がどうしてうつむくのか。君が怖がる理由を教えてくれないかな。僕に解決できることはある？」

　なぜ、この人はこんなに優しくしてくれるのだろう。

　諦めのため息をついて、もう帰ってくれと言ったってなんらおかしくはない。実際、花売りに誘われる前に受けた仕事の面接では、ローザが口ごもったとたん、不採用と追い出されたこともある。

しかし、アルヴィンは解決しようと、理由を教えてくれと言ってくれる。

わかってもらえるかは、わからない。ローザは恐る恐る唇を開いた。

「わたし、は、外見も良くないし、おどおどしているのが不愉快だと言われることも、多いのです。だから皆さんを不快にさせないよう、一生懸命考えていたら、言葉に詰まるようになり、視線も怖くなりました。ですが……」

『あなたの目は――……』

母の悲しい表情が記憶の中から蘇り、無意識に目を押さえる。

周囲と同じ言葉を話せず、同じように動けないローザは、奇妙で気味が悪い存在として忌避された。縮こまって不快にさせないことだけを考えて怯えていて、だからずっとブラウニーと呼ばれていた。表に出る仕事なんて、自分がするべきではないと思っていた。

けれど、アルヴィンがローザを語る言葉には、嘘がないとも感じる。

信じてみても、いいだろうか。

ローザは、息を、吸って、吐いて、それでも震える声を、絞り出した。

「ごめいわくを、かけてしまうかもしれませんが、働きたいのです。頑張らせて、いただいても良いでしょうか……」

もう、後がない。ローザはどんなところでも、働かなければいけない。

けれど、働くのであれば、青薔薇骨董店で頑張りたいと思ったのだ。

訊ねることだって、ローザにはとても勇気が必要だった。体が強ばり、不安で心臓が破裂しそうだ。

祈るような気持ちのローザに対し、アルヴィンはあっさりと一つ頷いた。

「もちろんだよ。僕は青薔薇のような君が良い」

ローザの胸に熱いものがこみ上げてきて、ぐっと唇を引き結ぶ。そうでもしないと安堵で泣いてしまいそうだった。

「ありが、とうございます……」

なんとか絞り出した感謝の言葉に、アルヴィンは不思議そうにしたが話を戻すようだ。

「要するに君は、人を不快にさせるのが怖いから自信がないんだね。それならある程度対処できる。自信は対応できる余力があるか否かで変わる。青薔薇での対応は僕が教えられるよ。ひとまずは、商品の知識かな」

「アルヴィン、常々考えていたのだけど、あなた普段はどんな風に接客しているの」

「これが欲しいと言われたら売る。買い取りを依頼されれば鑑定して適正な値段を出す。あとは、少し談笑するというところだろうか。ただ男性や、一部の女性は会話の最中に怒って退店してしまうことも少なくないんだ。だからローザも気構えなくて良いよ」

それは、安心して良いのだろうか。ローザはそこはかとなく不安を感じながらも、アルヴィンの言葉で、なんだか肩の力が抜けてしまった。

ただ、ミシェルは頭痛を抑えるように頭へ手をやる。

「やっぱり。あなた、細かい機微まで読み取るかと思ったら、時々びっくりするほどぶしつけになるものね。乗りかかった船だし、接客に関しては私の方でも教えましょう」

アルヴィンはよくわかっていない様子で「ありがとう」と礼を言っている。

「良いデザインが浮かんだから、注文にはすぐ取りかかるわ。実はドレスが一つキャンセルになったから予定も空いてるの。十日……いいえ一週間後くらいで良いかしら」

「僕は運が良いな。時期的にもちょうど良いし是非お願いしよう。さすがハベトロット。糸紡ぎだけではなく仕立ても一流だね」

「ふふ、私をハベトロットにしてくれた、あなたのおかげよ」

とんとん拍子に話が進んでしまい、ローザは呆然とアルヴィンを見上げる。

「良いの、ですか」

「もちろんだよ。僕はね、あの時のように、君の瞳がまた輝く姿が見たいんだ」

アルヴィンは微笑みのまま、だがどこか上機嫌そうに語る。

ローザはどきどきと緊張に体の芯が縮こまるのを感じたが、ふと思う。

「ブラウニーではない」と語る彼に、ローザの瞳は一体どんな風に見えたのだろう。

＊

「ねえ、アルヴィン。あの子一体何者？」

ミシェルが問いかけると、刺繡図案に向き直っていたアルヴィンが顔を上げた。

銀色の髪を束ね、柔く微笑を浮かべる姿は、ミシェルが出会った頃から変わらず妖精のように美しい。彼のけぶるようなまつげが動き、銀灰色の瞳が隠れた。

「なんのことかな」

「ローザのことよ。あの子、恐ろしく奇妙よ。身なりは労働者階級なのに、歩く姿は貴婦人顔負けで、話す言葉はそこらの成金の娘よりもずっと綺麗だわ。あそこまで体に染みつかせるには、上流階級の屋敷で行儀見習いでもしていないと無理よ。なのに労働者階級らしく、世話されることに慣れていないし、この店の空気に呑まれていた。ちぐはぐよ」

ミシェル自身が外国から来たからこそ、よくわかる。言葉も所作も、長年の癖が出るものだ。完璧ともいって良い上流階級の所作を身につけているのに、労働者階級であるローザは異質で、奇異さが際立つ。

ローザはミシェルのメイド達に接客の基礎を習っていて、ここには居ない。だからこそ、今のうちに、どのような思惑で彼女を拾ったのか確かめようとしていた。

「あんな奇妙な子を拾って、一体どうするつもり」

「なにって、従業員にするよ」

「アルヴィン」

あっけらかんとした答えに、ミシェルは睨むが、アルヴィンには全く響かなかったようで、不思議そうにした。

「どうして、ミシェルは怒っているのかな。まあいいや、あの子はまだつぼみなんだ。今まで花開けるような環境ではなくて、枯れかけていた。育ったとおりに振る舞ったのに、受け入れられない場所にいるのは、とても大変だよ」

朗らかにさりげなく語られた言葉の重みに、とがめようとしたミシェルは口を閉ざす。

自分にも覚えがあったからだ。自分らしく生きられなかった場所から、この銀の青年と奇縁をつなぎ抜け出した。そのことにミシェルは心から感謝している。

ただアルヴィンが結果的に助けてくれたのは、彼の興味の対象である、妖精が関わっていたからだと重々承知していた。

しかし、彼女を手元に置く経緯には、どう聞いても妖精が関わっていない。

ミシェルが考えている間にも、アルヴィンは楽しげに笑みを深めた。

「僕にはあの子が何か、なんてどうでも良い。あの子がどんな風に咲くか、見てみたくなったから、手入れをしてみようと思った。だから君のところに来たんだ」

銀灰の瞳が、興味と好奇心に染まっている。

ミシェルは知っている。アルヴィンが心を動かすのは、妖精が関わることだけだと。

だが、彼が青薔薇と呼ぶ少女の話をする今も、その目は輝いていた。

おどおどと縮こまりながらも、必死に前を向こうとしていた少女の姿を思い出す。

あの少女は原石だ。磨けば絶対化けると、ミシェルの勘がささやいている。

なによりミシェルも、少女が美しくなる手助けをするのが生きがいなのだから。

「そういうことなら、わかったわ。女の子を磨くのは、私の得意分野よ」

「うん、頼りにしている。──ああ、見つけた。この刺繍図案を販売した顧客について、教えてくれないかな」

だからミシェルは、ひとまずアルヴィンの願いに応えることにしたのだった。

＊

それから一週間、ローザはみっちりと店の商品に関する知識を教え込まれ、会計の仕方、立ち居振る舞い方まで教えてもらった。

はじめの三日は怯えが抜けず、用意された椅子に座っていることしかできなかった。しかし、紺のドレスを着て店の隅に座る自分を、客達はほとんど気にしなかった。

一様にアルヴィンが従業員を雇ったことに興味を示すが、まず「どこかの商家のお嬢さん？」と聞かれる。むしろ外見と年齢の違いに驚かれるほうが多いだろうか。

ローザが黙って座っていることも、ここでは「静かに商品を眺めさせてくれる良い店員」と評価される。この店では、こちらから話しかけず、訊ねられたことに答えられる方が良いのだ。

そう気付いてからは、人と話さない部分の仕事はあまり気負わずこなせるようになった。客のために紅茶を運んだり、商品の梱包をしたり、手入れをしたりという雑用だ。

所作に関しては、アルヴィンにすぐ及第点をもらえた。

思い出したのは母の教えだ。

『相手に一番見られるのは、手元ですよ。だから指をそろえて、なるべく両手で扱うの』

動くときには一呼吸置くこと。姿勢は前屈みにならないよう気を付けること。

今まではきびきびと素早く動かなければ、怠けていると叱られた。だが、ここでは母の教えを実践した方が褒められる。今までにないことで、ローザは嬉しさに頬が緩む。

それに、アルヴィンの動きも参考になった。きびきびというより、自然と視線が吸い寄せられるような柔らかな動きは、とても目に心地が良い。

上達ぶりは一週間後、再び訪れた仕立屋ハベトロットで、ミシェルに驚かれたほどだ。

「本当に、あなた労働者階級だったの？　こんなに早く馴染むとは思わなかったわ」

試着室の仕切り板を隔て、渡されたものを身につけながらローザは答えた。

「物心ついた頃から、間違いなく、ハマースミスで暮らしておりました。丁寧に振る舞いなさいと母に教えられましたけど。ただ仕事先では『お高くとまってる』とよく言われました。頑張って口調を乱暴にしようとしたこともありますが、うまくいかなくて……」

それもまた言葉が詰まる要因になっていた。なんと答えたら良いか、考えている間に相手をいらつかせてしまう。変えられたのは、一人称くらいなものだろうか。

だが青薔薇では、ローザの発音は気にされない。もちろんまだ、うまく話せないことは当然あるが、そんなときはアルヴィンが補助をしてくれる。なにより、普段のローザのまま話して良いと肯定されて、今ではかなり気構えずに話せるようになっていた。

「わたしが言うのも恐縮ですが、とても働きやすいのです……着終わりました」

「水が合っていたのかしらね。確認するからこちらへいらっしゃい」

ミシェルの声に、ローザは恐る恐るパーティションの陰から出てくる。

すると、ミシェルは満足と感嘆のため息をこぼした。

「アルヴィンの見立てはすごいわね。ちょっとここまでの原石だとは思わなかったわ」

「げんせき、ですか」

「自分で見てみると良いわ」

ミシェルは、ローザを壁の姿見の前へ立たせる。

鏡の中には、青いドレスを着た一人の淑女がいた。

ドレスはジャケットとスカートのツーピースになっていて、どちらも鮮やかだが、落ち着きのある青のタフタで作られている。ジャケットは男性のように襟元が開いているが、下に着たシャツの装飾的な襟が覗(のぞ)いていて、品良くきちんとした印象を醸し出している。胸元にきゅ、と結ばれた水色のリボンタイも愛らしい。スカートはオーバースカートとは違う青の布で作られており、薄い水色のフリルとリボンが華やかで可憐(かれん)だ。ドレープが寄せられて、さらに下に重ねている若草色のスカートが覗いているが、ボリュームは抑えられており、着心地は驚くほど軽い。

なによりどこもかしこも小さなローザにぴったりで動きやすい。

落ち着きがありながらも、軽やかなドレスだった。

今のローザはどこからどう見ても、誰も花売り娘だったとは思わないだろう。

前髪を上げられているが、黒髪を結われた頭に小さな帽子が載っているせいか、大きな目も気にならない。

ローザがまじまじと鏡を見ていると、銀髪の青年が映り込む。もちろんアルヴィンだ。

「ひゃっ。ど、どうして!?」

「ミシェルが許可してくれたから入らせてもらったんだ。きちんとノックはしたよ」

全く気付かず呆然とするローザを、アルヴィンは目を輝かせて眺めた。

「やはり僕の見立て通りだ。とても綺麗(きれい)だね、ローザ」

上機嫌なアルヴィンは、ごく自然にローザの手を取ろうとしたが、寸前で止まる。

「手を取っても良いかな」

確認してくれるようになったのは喜ばしいのだが、改めて聞かれるとますます恥ずかしい気がする。

手放しに褒められたせいで、顔が熱いローザが逡巡(しゅんじゅん)していると、こほんとミシェルが咳払(せきばら)いをした。

「ドレスの説明をして良いかしら？」

「あ、申し訳ありません、ぜひ」

ローザが頷(うなず)くと、ミシェルは今日も美しいドレスのスカートを揺らして近づいてきた。

「今回のオーダーは店の仕事着だから、スカートにはさほどボリュームを持たせない代わりに、形で華やかさを出したわ。それからローザ、もっと近くに来て」

ローザの前に膝を突いたミシェルは、折り重なるスカートの内側を探ると、下がっていたクリップを取り出す。そして後ろに流れるスカートのトレーンをたくし上げ、クリップで挟む。

すると、足下からローザが履いていた柔らかい革製の短靴が覗き、さらに歩きやすくなる。たくし上げられたスカートは、裾に施された柔らかなフリルと相まって、花束のように見えた。

アルヴィンは、賞賛を浮かべ満足そうにする。

「ますます青薔薇のようだね。良い仕事だよ」

「ふふ、あなたはいつも笑っていてわかりづらいけど、褒め言葉は素直だから嬉しいわ」

得意げにしたミシェルは、ローザに語る。

「こうすれば、裾も引きずらずに動けるでしょう。この上からエプロンをしても調和はとれるし、なにより、ジャケットとシャツ、スカートとオーバースカートを分けてあるから、追加で仕立てても組み合わせられるわ。あなたは上流階級（アッパークラス）じゃないのだし、季節ごとにパーツを一つ増やすくらいがちょうどいいでしょう」

細やかな部分にまで気を配られた一品に、ローザはなんだか胸がいっぱいになってしまった。肌触りの良いドレスを撫でる。

「そうだね、外回りも少なくないから、夏はもう少し薄手のジャケットが良いだろうし、冬になれば防寒具も必要だ。その時はまた世話になるよ」

「ええ、いつでもいらっしゃい」

当然のように先の話をするアルヴィンに、なんと言って良いかわからずローザは彼を見上げる。このドレスの支払いは、アルヴィンがすることになっていた。

さりげない話の中でも、ローザは彼が自分を従業員として扱う意図を感じた。ローザは美しいドレスをもらったことよりも、居ても良いと肯定されるような言葉が嬉しかった。

「ではローザ、店に戻ろうか。おそらくコリンも来ているだろう」

彼の言葉で、ローザは今日が調査の期日だと思い出す。

アルヴィンは時折外出していたものの、調査らしい調査をしている様子はなかった。

「あの、ブローチとハンカチの持ち主は、見つかったのですか」

「見つかったよ」

あっさりと肯定されてしまい、ローザは一瞬理解が遅れた。

「えっ、いつでしょう？」

「おや、そういえば話してなかったね。ミシェル、例の刺繍図案を貸してもらうよ」

アルヴィンはミシェルから一冊の冊子を受け取ると、近くのテーブルに広げた。

その表紙は幻想的な図案で彩られている。

「ご婦人方の間では昔から刺繍がたしなみになっていて、刺繍図案集もよく売れるんだ。だから人気の仕立屋が一般向けに図案集を出すこともある。服と同じように刺繍図案にも流行があって、最近は妖精と花が人気なんだ。まあ、たいていは昆虫の羽が生えた創作上の妖精なのだけど、あのハンカチに刺されていた刺繍は、少々違った」

『──ねえホワイトさん、見てくださいな。今は妖精の刺繍が流行っているのはご存じ？』

ローザが青薔薇(ブルーローズ)に来た当日、客の貴婦人が、楽しげに話していたのを思い出す。

ただ、ローザはハンカチの刺繍は見せてもらったが、妖精ということ以外はよくわからなかった。しかしアルヴィンにとって、描かれている妖精の違いは明確だったのだ。

「以前お店にいらした奥様もスカーフに刺していらっしゃいましたね。あの妖精と、何が違ったのでしょうか」

ローザが問いかけたとたん、彼の銀灰の瞳がぐっと輝きを増した。

「ハンカチに刺されていた妖精は、小さなブルーベルと戯れ楽器で音楽を奏でていた。あれはシーリー・コートと呼ばれる妖精をモチーフにしたものなんだ。シーリーは〝祝福された〟という意味の言葉で、良き行いをする妖精の総称だよ。店内のフィギュリンに、昆虫の羽が生えていないものがあったのを覚えている？　どんな特徴だったかな」

フィギュリンは陶器で出来た人形のことだ。ローザは棚に並べられた妖精を思い出す。

「たしか……金髪で、踊っていたり楽器を弾いていたりする、手のひらに載るような可愛(かわい)らしいものが多かったと思います」

「正解だ。彼らが人々が抱いている妖精のイメージの原形であり、図案の主流になっているんだ。妖精の図案を流行らせたのは、この仕立屋ハベトロットだよ」

一旦言葉を切ったアルヴィンは、めくっていた刺繍図案の一つで手を止めてローザに覗き込むよう促してくる。

指し示されたものは、確かにハンカチに刺されていた図案だ。

「僕はあのハンカチの刺繍図案が、ハベトロットで発売された最新のものだと知っていた。つまり、コリンの探し人は、最新図案が発売されてから今までにハベトロットを訪れたご婦人の可能性が高い。だからハンカチに刺されていたイニシャルを頼りに顧客リストで住所を特定したというわけだ……っと、そんなに驚いた顔をしてどうしたの？」

不思議そうな顔をするアルヴィンに、ローザは驚きが覚めないまま答えた。

「刺繍図案だけで、本当に見つけられたことに驚いて」

「ふふ、私もはじめは驚いたわ。彼は妖精に関するどんな些細な知識や情報も、余すところなく収集しているのよ。妖精学者の名に恥じないと思わない？」

ミシェルが呆れとも感心ともつかない声で語る。

ローザは改めてアルヴィンを見上げた。この一週間、ずっと少々ズレた不思議な青年だと感じていたが、それでも妖精についての知識の深さは本物だ。

「僕はただ、妖精という神秘を信じたいだけなんだよ。とはいえ本人に返すまでがコリンの頼みだ。まずは合っているかコリンに確かめてもらおう。さあローザ、店に戻ろうか」

自分の成したことが当然とでもいうように平然としているアルヴィンは、そう語るとローザを促した。

辻馬車を使い店に戻ると、ちょうどコリンが店先で所在なさげに立ち尽くしていた。

「コリンくん、待たせてごめんなさい」

ローザが馬車から降りるなり声をかけるが、コリンはぎょっとしたように後ずさった。

戸惑っていると、コリンはためらいながらも、話しかけてくる。

「お、お嬢さま、誰かと間違っちゃいませんか、ですか」

コリンとは一週間前に知り合い、従業員と紹介されたから、顔見知りなのだが。

彼の見知らぬ者に向ける眼差しに、ローザは勝手に身がすくむ。

だが、アルヴィンが後ろから支えるように覗き込んで言った。

「ローザ、コリンは気付いてないよ。人の印象なんてこれくらい変わるんだ、面白いね」

「……えっこのお嬢さま、あのおどおどしたガキか!?」

アルヴィンの言葉でようやく気付き、コリンは目を剝いた。即座にまじまじとローザを見つめてくる。

その視線に、ローザはいつもと違う居心地の悪さを感じる。だが同時にずっと体にあった息苦しさが、ほどけていくような気がした。

ローザに驚いていたコリンだったが、はっと我に返ると襟元から紐をたぐり寄せる。

「ちゃんとおれは約束を守ったぞ。あんたから預かったもんは、売ってねーし傷ひとつつけてねえ。今度はあんたが守る番だ」

引き出した巾着の中から、ころりとコリンの手のひらに転がったのは、確かに花畑の意匠のブローチだ。

ブローチを受け取ったアルヴィンは、いつもと変わらない微笑のままコリンに言った。

「僕も『妖精のような人』の居場所を見つけたよ」

「っほんとか！」

「例の物は持っているね？　よし、ではこれから確認しに行こう。さあ馬車に乗って」

「えっお、おい⁉」

「もちろんローザも付いてきて」

「わ、わかりました」

にっこりとしたアルヴィンは、コリンの背中を押して馬車へと乗り込ませる。

馬車なんて乗ったことはないのだろう。出発した馬車にびくつき、向かいの席で虚勢を張ろうとしつつも所在なさげに縮こまるコリンに、アルヴィンは手を差し伸べる。

「目的地に着くまでにもう一度、返したいブローチを見せてくれるかな。この間は少ししか見られなかったからね」

もう否やはないようで、コリンは例のブローチを取り出して、アルヴィンに差し出す。

アルヴィンは懐から出した手袋をはめて慎重に受け取ると、じっくりと観察を始めた。

隣に座っていたローザもそれを見守る。

彼の手のひらに載るほどの品は、円錐形(えんすいけい)をしていて、本体は銀色をしている。花の形をした部品の他にも、表面には細やかな装飾が施されていた。

だがしかし、コリンはブローチと言っていたが、どこにも針金らしきものはついていない。代わりに本体には華奢(きゃしゃ)な鎖が付いており、鎖の先はちょうど指が通せそうな金属製のリングにつながっている。

円錐形の広い口には両開きのふたが付いており、アルヴィンがつまみを操作するとなめらかに開閉した。

「ローザ、この部分に押されているマークが見えるかな。銀の含有量が保証されるシルバーマークなんだ。国や地方ごとにマークの種類があるから判別は難しいけど、このライオンが歩く姿は、銀の含有量が九十二・五パーセント以上であると示す。つまりこれは、それなりに格式のある工房で作られた銀製品ということだ」

ローザはアルヴィンが指し示してくれたシルバーマークを確認する。

アルヴィンはこの一週間、実際の品物を通して、青薔薇骨董店(ブルーローズアンティーク)で取り扱う骨董(こっとう)の知識を授けてくれた。穏やかな語り口で、滔々(とうとう)と語られる話はわかりやすい。またローザがわからないことを質問しても、アルヴィンは嫌な顔一つせず当たり前に答えてくれる。だから一生懸命勉学にはげむのだが、唯一の問題は美しい顔が近くてどきどきしてしまうことだ。

彼に他意はないとわかっていても、落ち着かなくなるのは仕方がない。

「ローザ、なんだか顔が赤いけれど、少し暑いかな」

「いいえ、気にしないで欲しいのですが……これはブローチには見えませんが、なんなのでしょう」

話をそらすと、アルヴィンは朗らかに答えた。

「これはポジーホルダーだね。花を美しく身につけるために使われる装飾品だよ。口の部分が開閉できるようになっているね？　ここに花の茎を挿して固定するんだ。パーティで花束を持ち歩くためにはもちろん、ご婦人が街の悪臭が気になるときに、ポジーホルダーに入れた花の香りを嗅いでやり過ごすんだ。このリングに指を通して手に提げるんだよ」

「そういえば、花売りをしていた頃にも、身なりの良い女性が似たような物を持ち歩いていたのを見たことがあります」

名称を知らなかったローザは、改めて彼の手にあるポジーホルダーを見た。

「前に説明したけれど、だいたいアンティークと語られるのは、百年以上経った品物になる。これは、シルバーマークとデザインからしてまだ百年は経っていないけれど、花の細工が見事だ。僕の店にも並べたい良い品だね。ただ、鎖が直された跡がある」

「それはおれが直したんだ。鎖とリングが外れちまって、あのひとがあんまりにも泣いてたからさ。兄貴の仕事を見てたし、見よう見まねで、ちょちょいと」

答えたコリンの声は、以前した親切を語るには沈んでいた。だがアルヴィンはおお、と感心した声を上げた。

「一見ではわからないくらい見事だよ。直した素材が鉄ではなく、銀だったら価値は落ちなかっただろうね」

「うん、あの人も喜んでくれた。おれなんかの名前を覚えてくれるくれーにはさ」

ローザはコリンのひどく悲しげな様子がとても気になったが、外にいる御者が、窓を叩いて到着を知らせてきた。

三人が降りると、そこは住宅街だ。アルヴィンの店のようなテラスハウスが並んでいるが、一軒一軒は大きく、玄関口には丹精こめて手入れをされた花々が飾られている。裕福な人々が暮らす高級住宅街なのは明白だった。

「さて君の探す『妖精のような人』フェリシア・オルコットさんの家だけど……」

「——あの、緑の扉の家だ。あぁ、今出てきた女の人でまちがいねえ」

アルヴィンが示す前に、コリンが指さしたのは、テラスハウスの角にある家だった。ちょうど緑の扉が開かれ、品の良いドレスを着た婦人を見送る女性がいる。

年は二十歳後半だろう。彼女は華奢な体にラベンダー色のドレスをまとい、少しくすんだ金色の髪を丁寧に結い上げている。

全体的に儚げで、どこか疲れが見えたが、遠目からでも穏やかで美しい女性だった。

確かに妖精のよう、と称するのもわかるとローザは思った。

コリンはまだ停まっていた馬車の陰に隠れて、アルヴィンに訴える。

「なあ、早く返しに行ってくれよ。あの人だからさ。そうしてくれりゃもういーんだ」

必死なコリンを見下ろしていたアルヴィンは、納得したように頷いた。

「やはり君は、一度自分で返しに来たことがあるね？」

コリンがぎくりと肩を震わせる。その反応で、ローザにも彼が図星を指されたとわかる。

「今君は僕が家を示す前に、緑の扉だと言ったね。しかも彼女が扉を開ける前に。ならば一度来たことがあると考えるのが自然だ。つまり君は、彼女の居場所を知っていながら、僕達を試したということになるね」

アルヴィンが淡々と語ると、コリンは青ざめて一歩後ずさる。

ローザは、アルヴィンが急に詰問し始めてぎょっとした。

なぜ、純粋に疑問に思っただけのようなのに、感情が抜け落ちたように淡々と指摘するのか。だが、ローザはその場の空気に呑まれて立ち尽くすばかりだ。

怯えるコリンだったが、それでも否定の声をあげた。

「お、おれは……そんなつもりじゃなくて……ただ返してくれって言ってもきっと動いてくれねえと思ったから……！」

「おや、そうなのか。では、君がそう思った理由を教えて欲しいな」

　促されたコリンはぎゅうと自らの拳を握ると、苦いものを吐き出すように語り始めた。

「あそこのフェリシアさんは、おれ達が店を広げてる前で転んでさ。そのぽじーほるだー？の鎖がとれて泣いてっところを助けてやったんだ。貴婦人なんて、すまし顔でお高くとまってるもんだと思ってたのに、泣き虫でびっくりした。でも、直ったらすげー嬉しそうにしてさ。そこから、おれに靴磨きを頼みに来るようになったんだよ。最初は施しかと思ったけど、おれなんかと話すのをすげー楽しそうにしてたんだ」

　語るうちに、コリンの表情は和らいでいく。彼にとってフェリシアという女性との時間が、とてもよいものだったのだと感じさせた。

「おれは母ちゃんを知らねぇけど、居たらあんな感じだったんかなって思った。話を聞いてくれて、笑顔であったかくて、頭を撫でてくれんだ。きっと、フェリさんは、寝るのが遅くてもプーカが来るよって脅さねぇだろうなあ。ああ、おれがスコーンなんて食ったことねえって言ったら、いつかうちに来てお茶をしようって言ってくれたんだ。住所まで教えてくれたんだぜ。スコーンって、焼きたてが一番おいしいからってさ。まあ、それは家の人に止められたって次に会いに来たときしょんぼりしてたけど」

「確かにスコーンは焼きたてが一番だ。クレアが時々焼いてくれるけれど、おいしいよ」

「焼きたてが一番なのは本当みてーだな。フェリさんも、メイドのジーンのスコーンが絶品だって言ってた。食べれたらよかったたな」

　アルヴィンの言葉に、コリンは微かに表情を緩ませたものの、すぐに悲しみを帯びた。

「一ヵ月前くらいかな。おれがへまして怪我をしたときに、ハンカチを貸してくれたんだ。一番大事にしてるアクセサリーを落としたのも気付かずにさ。だからさ、届けに行ったんだぜ」

　コリンは自嘲するように鼻で笑った。

「お茶に誘うくれーだから、顔を見せるくれーなら大丈夫だろって馬鹿正直にさ。一応気を遣って裏口から行った。もしだめでも使用人に渡して帰れば良いってな。でも、裏口から出てきた若い男の使用人は、出会い頭におれを殴って追い払ったんだ。『お前も盗みに来たんだろ。卑しい労働者階級のガキが、近づく場所じゃない』って……！」

　ローザは、ぎゅうと心臓を掴まれたように胸が痛くなる。ああ、その感情を自分は知っている。

　労働者階級でも最下層に位置する自分達は、犯罪の原因とみなされやすい。

　ローザも人に声をかけただけで、嫌悪と共に振り払われ、これ見よがしに財布や時計が盗まれていないか確認しながら去って行かれたことがある。

　実際花売りの娘達も、売り上げが振るわなければ、スリをしようかと冗談のように話していた。だから自分は違う、と主張しても全く意味がない。彼らが自分達を忌避するのは仕方がなく、自衛のために避けるのは当然だ。

抑えきれなくなった感情を爆発させて、コリンはアルヴィンに訴える。

「なあ、おれは、盗みをしようとしたわけでも、施しをもらおうとしたわけでもねえんだぜ。ただ、ちょっと仲良くなった人に、親切をしようとしただけだ。それがどうして相手の身分が高いだけで、本心を疑われなきゃなんねえんだよ！　やっぱり階級は超えちゃだめだって言うのかっ……」

記憶が蘇りかけたローザは、目をつぶりうつむく。

それで、心の痛みがなくなるわけではない。

肩で息をするコリンは、それでも泣かずに続けた。

「だから、フェリさんに近いあんたみてえな人に、返してもらおうと思ったんだ。だますようなことをして、ごめん、ごめんなさい。おれのことは言わねえでいーから、ただ、返してえだけなんだ」

「どうして謝るのかな。僕は全く構わないよ。一つ謎も残っているしね」

「え」

年相応のあどけない顔で呆然とするコリンに、アルヴィンは微笑んだままだ。

そう、彼の表情は変わっていない。怒ってもいないし、責めてもいないのだ。

「君のお願いは、ポジーホルダーとハンカチを君の妖精に返すことだ。残念ながら、本物の妖精ではなかったけれど、引き受けたからには返すよ」

言葉を切ったアルヴィンは、さっとローザに向いた。

「と、いうわけで、ローザの出番だ」

「わたし、ですか」

急に話を振られたローザは驚いたが、アルヴィンはいつの間にか鞄から取り出した布袋へ、ハンカチとポジーホルダーを丁寧に入れながら続けた。

「僕は顔が綺麗すぎて、ご婦人に勘違いさせてしまうことが多いんだ。本気にさせてしまうらしい。そのせいか年を召した使用人や、男性には蛇蝎のごとく嫌われるし、疑われるんだよ」

「自覚はあったのですね」

ローザはこの一週間でアルヴィンが怒らせた客の数を思い出す。たいていは買い取り客や骨董の鑑定にきた一見の客だったが、彼のゆったりとした語り方をお高くとまっていると非難する。他にも容貌の美しさから不真面目と決めてかかられたり、文句をつけられたりともめ事はそれなりにあった。アルヴィンは、あくまで自然体で居るだけなのに。

そうか、彼も理不尽を知らないわけではないのだ、とローザは気付く。

「だからね、同性の君が適任なんだ。今の君はどこからどう見ても、良いところのお嬢さんだ。疑う人は誰も居ないよ」

「あ……」

ローザは体の芯が冷たくなる。つまり、本物の貴婦人の前に出るということだ。口ごもってしまったらどうしよう。訝しく思われて迷惑をかけてしまうかもしれない。

怖い。

けれど、とローザはコリンを見る。

傷つき切った彼の願いを叶えられるのは、君だけだとアルヴィンは言った。

人に声をかけることすら満足にできなかった自分だけだと。

そうだ、今の自分は、見違えるように姿が変わった。アルヴィンは、みすぼらしいローザを青薔薇のようだと語る奇妙な人だ。けれど、怯える自分に呆れず、理由を聞いて様々なことをしてくれた。働けるように知識を授け、場に相応しい衣装を用意してくれた。

体を支配していた怯えが、目の覚めるようなドレスの青で落ち着いていく。

心は、以前のままだけれど、変わった気はしないけれど。

……今だけは、そうではないと思って良いだろうか。

「い、き、ます」

かすれた声でローザが答えると、アルヴィンは頷いて包みを渡してきたのだ。

包みを慎重に握ったローザは、ゆっくりと階段を上がり、緑の扉の前に立つ。

「今日は、この家に設定されている朝の訪問日だ。家ごとに決めた時間帯を周知して、この日なら約束なしに会いに行っても良いとする裕福な人達の習慣だよ。フェリシアも、この日は必ず家に居るのは確認済みだ。後は君が声をかけるだけ」

「は、はい」

「大丈夫、手順さえ間違わなければ、彼女らは絶対に疑わない」

不思議な習慣にも驚けないほど緊張するローザだが、アルヴィンの言葉に一つ息を吸い、ノッカーを叩く。

扉を開けたのは、ぱりっとした白いエプロンとキャップを身につけた使用人らしき女性だった。ラベンダー色のドレスの女性ではない。

動揺しかけたローザだったが、あらかじめアルヴィンから、出迎えは使用人と教えてもらったのを思い出し、踏みとどまる。

「あの、」

使用人の女性は銀髪の美貌の青年であるアルヴィンにぽかんとしていたが、ローザが声をかけるとこちらを向いてくれる。

「ぶしつけな訪問をお許しください。わたしは、ロザリンド・エブリンと申します。奥様のフェリシア・オルコット様はいらっしゃるでしょうか。コリンくんの代わりに、奥様が大切にされていたポジーホルダーとハンカチをお返しに参りました」

準備をしていた言葉を言い切り、布袋に入れていたポジーホルダーを見せる。

すると、使用人の女性はポジーホルダーを見るなり、うろたえた様子で後ずさった。

「しょ、少々お待ちください。……奥様っ奥様っ！」

言い置くなり、家の奥へと消えていく。

すぐに小走りで、ラベンダー色のドレスを身にまとった女性、フェリシアが現れる。

彼女はローザの手にあるポジーホルダーを見るなりよろめいた。フェリシアは追いかけてきた使用人に支えられるが、そのままほろほろと涙をこぼし始めたのだ。

疑われることはなかった。安堵（あんど）したローザだったが、しかしフェリシアの流す涙が悲しみと落胆に染まっていると感じた。

「ああ、コリン君は、こないのね」

なにかかみ合わない気がしたローザは、涙を拭ったフェリシアにぎこちなく微笑みかけられた。

「取り乱して、ごめんなさいね。それは、私の母から譲られた大事な物なの。返しに来ていただいて嬉（うれ）しいわ。よろしければ、中でお話を聞かせて……」

「嬉しいと思っていないのに？」

受け取ろうとしたフェリシアは、アルヴィンの言葉に凍り付く。

そこで、初めて彼に気付いたらしい彼女は、彼の美しさに一瞬目を奪われていた。

ローザもぎょっとして振り返る。

銀の青年は穏やかな微笑みのまま、フェリシアを見つめて納得したように頷いた。

「瞳孔の拡大もさほどではないし、笑みも強ばっている。悲しみと絶望……というところだろうか。これで最後の疑問も氷解した」

「あの、あなたは……」

「僕はアルヴィン・ホワイト。今回はこの子の付き添いだ。君は、コリンがポジーホルダーを届けに来ることを期待して落としたんだね？」

「アルヴィンさん⁉　何を言うんですか！」

思わぬことを語り出すアルヴィンに、ローザはうろたえる。だがアルヴィンはむしろ不思議そうにするばかりだ。

「ローザはおかしいと思わなかったかな。このポジーホルダーは手に持つタイプのものだ。持ち手の鎖は堅牢に修復されたばかりで、彼女は持ち歩くのを習慣にしていた。もし落としたとしても、気付かないのはおかしいだろう？　落としたとたん、コリンを訪ねることもあり得たのに、約一ヵ月間それもなかった。できない状況だったのか、あるいはわざと会いに行かなかったのかのどちらかだ。どちらだったのかな？」

アルヴィンの推測に対して、フェリシアが息を呑み、諦めたように肩を落とした。

「ええ、その、通りです。コリン君に、焼きたてのスコーンをごちそうしてあげたかったの。以前相談したときにジーンにはだめだと言われてしまったけれど、大事な物を届けに来てくれたお礼なら、押し切れるかしらって」

フェリシアの背後に控えていたメイドの女性がおそらくジーンだ。彼女は後ろめたそうに目を伏せる。

「ほんの思いつきだったの。もし届けに来てくれなくても、コリン君ならきっと預かってくれるから、返してもらいに行けば良いって。けれど、引っ越しの準備で行けなくなってしまって……」

「引っ越しですか？　どうして急に」

ローザが思わず口を挟むと、フェリシアは痛みをこらえるように顔をゆがめる。

「実はコリン君のところでポジーホルダーを落とした翌日に強盗に入られてしまったのよ。夫が一度強盗に入られた家では安心できないからと、郊外に引っ越すことになったの。私も外出は控えるしかなくて……。明日にはもう、ここを離れるわ」

「そんな」

言葉をなくしたローザは、玄関ホールだけでも調度品は最低限にしか整えられていないと気付いた。

アルヴィンが不思議そうに小首をかしげる。

「コリンからは、この屋敷から出てきた若い男の使用人に殴られて追い返されたと聞いたよ」

「まさか、本当に……？」

青ざめるフェリシアが背後を振り仰ぐと、ジーンは困惑のまま答えた。

「うちにいる男性の使用人はみんな歳を取っていますし、若い、とは言いがたいですが」

「けれど一週間前にはコリンの口の端に、まだ打撲の傷が残っていたよ」

「出入りの業者だったのでしょうか」

アルヴィンの言葉にジーンが答えると、据わりの悪い沈黙が落ちる。

フェリシアは無理に明るく声を張り上げた。

「ちゃんと来てくれたのに、会えなかったのはきっと自業自得ね。私はずっと待つだけだったもの。でも、最後にコリン君をご存じの方とお話しできるのは嬉しかったわ。ジーンにも、コリン君が悪い子ではないと証明できたもの」

「奥様……私があのとき反対したばかりに……」

言葉を詰まらせたジーンの肩に、フェリシアは慰めるように手を置く。

「いいのよ、あなたが止めるのも当然だわ。コリン君にちゃんとお別れの言葉を言えないのは残念だけれど、仕方ないわね」

花売り仲間のミーシアが、中流階級の相手の恋文を読もうとしなかったように。ローザが丁寧な言葉遣いをするだけで、馬鹿にされて虐められたように。

労働者階級と、中上流階級の間の壁はとても高い。

労働者階級は自分の住む地区から一生出ないことも少なくない中で、フェリシアとコリンが育んだ交流は、奇跡のような産物だった。

ローザ達がコリンにフェリシアの事情を教えれば、誤解はほどけるだけました。

にもかかわらず、寂しげなフェリシアに、ローザは胸が詰まった。

このまま別れれば、二人は生きているのに、一生会えなくなるのだ。

脳裏によぎるのは、母との別れの記憶だ。ローザは、流行病で死ぬ母と別れの言葉を交わし、最後まで見守った。

そして、そこまでしたとしても、後悔はいつまでも残るものだとも思い知ってしまった。

コリンもフェリシアも、生きている。まだ間に合うのだ。

ローザは、唇を嚙み締めて、心を決めた。

「では、僕達はコリンの頼みを完遂できたし、これで……」

「オルコット様、ほんの少し、返すのをお待ちください！」

ローザはアルヴィンの言葉を遮り、目前の貴婦人に言い放つ。

フェリシアが目を丸くして驚いているのを横目に、ローザは一礼すると、ぱっと外へ飛び出した。鮮やかな青のスカートが翻る。

ミシェルが仕立ててくれたドレスは、たくし上げた裾が足に絡まず軽やかで、ローザの歩みを妨げない。

アルヴィンに沢山教えてもらったのに、淑女らしい姿ではないだろう。申し訳なく感じながらも、ローザは走った。

そして、道の辻で所在なさげにしていたコリンに駆け寄る。

「あ、あんたローザ⁉　その、目の色……」

「コリンさんっやっぱり、ご自分で渡しましょうっ」

ローザが叫ぶと、驚いていたコリンは息を呑んだ。

「オルコット様は、待っていらっしゃいました！　沢山事情があってすれ違ってしまったけれど、コリンさんとお茶がしたかったとおっしゃっています。ですが明日にはもう会えなくなるのです。だから……っ」

必死にローザは訴えて、コリンにポジーホルダーを差し出す。

戸惑うコリンだったが、ローザの背後を見て、こぼれんばかりに目を見開く。

「奥様、そんなに走られるのは……！」

「コリン君っ……」

ローザも振り返ると、そこには、よろよろと走ってくるフェリシアの姿があったのだ。

＊

コリンは別に、もうよかったのだ。

たまたま客が話していた、妖精のことなら何でも解決してくれる骨董屋を頼った。

店主のアルヴィンは、コリンが隠していた心の奥底まで暴き立ててきた。

人と思えないほど綺麗で、いつも微笑しているのに、笑顔がひどく恐ろしく感じられた。

けれど、こうしてフェリシアに、ポジーホルダーを返してくれた。

見届けまでさせてくれたのだ。ぽっきりと心が折れたコリンには、充分な収穫だ。

だってあのポジーホルダーだけは、フェリシアに返さなきゃいけないと思ったのだ。

フェリシアに対するはじめの印象は、なんだか間抜けな貴婦人だな。というものだ。

だって、たかだか馬車から降りただけ、そこで足をひねって転んだのだから。

大慌てで使用人に介抱されていたが、フェリシアはポジーホルダーの鎖がとれてしまったことをこの世の終わりのように悲しんでいた。

あんまりにも悲しそうだったから、つい手を出してしまったのだ。

『おい、ねーちゃん。そんなにかなしーんなら直してやるからよこしなよ』

そうしてコリンがポジーホルダーの鎖を直してやると、フェリシアはぼろぼろと涙を流して、びっくりするくらい嬉しそうに、お礼を言った。

ほんの少しだけ、紳士らしくできた気がして誇らしくなった。

その後で、高価な銀製だったのだから、コリンの店が使っている金属で直してはいけなかったのだと兄に殴られた時は青ざめたが。

けれどフェリシアは翌日も現れて、持参した靴の靴磨きを頼むと同時に、話をしていくようになったのだ。

『あのね、コリン君に親切にしてもらえたのが、とても嬉しかったの。私の周りに居る方々も、親切にしてくださるけれど、必ず感謝の印を見せなければならないから……。本当に、心からお礼を言えたのは久々だったのよ。嬉しかった気持ちを忘れたくないから、このまま使うの』

なんだか、きらきらした宝物のような言葉を使う人だと思った。

甘い人だと思ったけれど、コリンが普段は絶対近づくこともない人と特別に仲良くできたのが嬉しくて、照れくさかった。

『コリン君は、良い子ね。こんな変なおばさんに付き合ってくれるなんて』

『物好きなのはフェリさんの方だろ。それにおれ、フェリさんみてえな綺麗な人見たことねえぜ』

くすくすと笑う彼女は、なぜコリンの隣にいるかわからないほど美しい。

『まあ口が上手。私にもコリン君のような子供が居たら良かったのに。ちゃんと、妻の役割を果たせていたら……』

　コリンにはすべて把握できるわけではなかったが、フェリシアが周囲との軋轢に悩んでいることは知っていた。美しいのに、時折寂しげな目をするのが悔しいと思った。

　だから本当は、「子供」と言われて嬉しかったのに、わざと唇を尖らせた。

『フェリさん、おれみてえな紳士に子供はねえよ。弟とか、せめて友達にしてくれよ』

『ふふそうね、ごめんなさい。私も貴婦人らしくなくとも、コリン君とは友達が良いわ』

　寂しそうに目を伏せていたフェリシアが、ようやく微笑む。

『フェリさんみてえなお金持ちは、昼飯の後にお茶会なんてもんをすんだろ。皿いっぱいのケーキとかクッキーとか。ぱっさぱさのスコーンを食べるなんて、すごいよな』

『あら、焼きたてのスコーンはとても幸せな味がするのよ』

『フェリさんには珍しくねえだろうが、そんなもんここじゃ食えねえよ。ビスケットでもごちそうだ。でもなあ、焼きたてのスコーンってそんなにうまいのか』

『なら、いつか私のおうちでお茶会をしましょう。ジーンは労働者階級の子供なんて！　って言ったけれど、コリン君は私の恩人だもの。恩人をもてなすのも貴婦人だと思うの』

　夢見がちな人だな、と感じた。しない方が良いと、年下のコリンでさえ理解できるのに。でも彼女の語る夢はなんだか楽しくて、馬鹿にしたくなくて頷いた。

　フェリシアの家で遭遇したフットマンの男に殴られた時には、理不尽さに歯がみしながらも、自業自得だとも思った。

フェリシアはコリンにとって、妖精のように現実味のない美しい人。

きっと夢が覚めるのも、なんの前触れもないのだ。

だから、混乱していた。自分の前で、息を切らすこの人は誰だろう。

現れるときは、必ず美しく姿を整えていて、朗らかで無邪気だった。けれど今のフェリシアは、息をぜいぜいと切らして髪も乱れている。

そして顔は、今にも泣き出しそうにゆがんでいた。

いいや、泣いていた。

「フェリさん……」

言葉を紡ぐことすら苦しげなフェリシアは、それでも唾を飲み込んで話し始めた。

「コリン君、ごめんなさい。会いに行けなくて、会いに来てくれたのに気付かなくてごめんなさい。信じてもらえないかもしれないけれど、私は全く知らなかったの」

ようやくコリンは、彼女が泣く人だったと思い出した。人付き合いに疲れてしまったと言って、労働者階級の小汚い子供に、気紛れに助けてもらって泣いてしまうくらいには。

何か、拭う物が必要だ。コリンはすぐローザから袋を受け取るなり、中にあるハンカチをフェリシアに差し出していた。

「化粧をしてるときは、泣いちゃいけねーんだろ。自分で言ってたじゃねーか」

「だって、コリン君はひどい目に遭ったのでしょう……？　コリン君とお茶がしたいと素直にお誘いできたら、こうはならなかったわ」

「別に、いーよ。もう、いーんだ。あんたの大事な物、返せたら充分だ」

「私が嫌なのよ。引っ越すことになってしまって、これでお別れになってしまうから」

コリンは、奈落に落とされたように視界が真っ暗になった気がした。

だがフェリシアは、ぎこちなく笑いながら続けるのだ。

「私にはルーフェンは居心地が悪かったけれど、コリン君が一番の良い思い出だったのよ。周囲の期待に応えられずに、息が詰まりそうな中で、あなたが友達になってくれた。だからね、最後にお茶会をしましょう。良いわよね、ジーン」

フェリシアが振り返ると、同じく息を切らして追いついてきていたジーンは、仕方ないと肩を落とした。

「焼きたての、スコーンでしたね。準備して参ります」

「とっておきのティーセットも、まだしまっていないのよ。私を許してくれるのなら、ポジーホルダーのお礼に、お茶会に招待させてくれないかしら」

コリンは、焼きたてのスコーンも、ましてやお茶会なんて、本気にしていなかった。

そりゃあおいしいと言われれば気になったが、労働者階級（ワーキングクラス）の自分に貴族みたいなことができるわけがない。

なのにフェリシアは、こうしてコリンなんかのために一生懸命になってくれる。

「おれ、あんたの知ってる作法、ぜんぜんしんねーぞ。どうなってもしんねーからな」

「もちろん、堅苦しいお作法は抜きにしましょう。私も、はしたなくても、お腹いっぱいケーキを食べてみたかったのよ。お友達として許してくれるかしら」

コリンにとって、フェリシアは妖精のように現実味がなかった。だから、一度目にこの家に来て、使用人に殴られた時にそういうものだと諦めた。

けれどこれが最後でも、彼女が自分と同じように友達だと思ってくれるのだと知った。

つん、と目頭が熱くなったけれど、コリンはこらえて笑ってみせた。

「しょうがねーな！　おれがやだっていったらフェリさん泣いちゃうもんな」

フェリシアが涙ぐむのに、仕方ないなあと思いながら、コリンは横を見る。

隣では青い薔薇のようなドレスをまとう少女が、ほっとした顔で微笑んでいる。

本当は諦めてしまおうと思っていた。

けれど、あの青薔薇に一歩踏み出してよかった、と思えたのだ。

＊

ローザ達も、コリンとフェリシアのお茶会に招待してもらった。

コリンが主にローザを見て「同じように食い方を知らないやつがいた方が気楽だ」と身

もふたもないことを語ったからである。

フェリシアもまた、コリンがなぜアルヴィンの店にたどり着いたのか話を聞きたがったので、みんなでお茶会となったのだ。さすがに、アルヴィンが骨董屋の店主だ、というくだりには驚きを隠せないようだったが。

ジーンの焼きたてのスコーンは、フェリシアが語る以上に絶品だった。

横に割るとバターの香りが濃密に立ち上り、香りに引き寄せられるまま、一口かじったとたん、しっとりとした歯触りなのに、口の中でほろほろと崩れる。ほんのりとした甘みと共にバターの風味が口いっぱい広がり、あとを引くのだ。

あまりにおいしいものだから、ローザはしげしげと自分が食べているものがなんなのか見つめたほどだ。

「これがスコーンなのか……こんなうめえもんはじめて食べた！」

なにも付けないまま、あっという間に一つを食べきってしまったコリンの率直な賞賛に、給仕をしていたジーンは照れた様子で顔を背ける。

代わりにフェリシアが自慢げに微笑んだ。

「ね、だからスコーンは焼きたてがおいしいのよ。今度はクリームを塗ってみて。こちらのジャムは私が煮たのよ」

「クリームは逆にさっぱりとするのですね。驚きました」

「おれにはよくわかんねーけどうめえよ！　お茶おかわり！」

コリンが勢いよく願うと、フェリシアは笑顔でティーポットを手に取ったのだ。

長いようで短い茶会は、終始笑いの絶えないものとなった。

フェリシアは帰り際に明るい顔で、ローザの手を握り何度もお礼を言った。

「あなた達は、私にとって幸運を運んでくださる良き方だったわ。ありがとう」


コリンを家の近くまで送り終わった馬車の中で、ローザは不思議な高揚感のまま、スカートを撫でた。

あの二人が心ゆくまで話せて良かった。自分も、ポージーホルダーを返しに行くのは無理だと語らなくて良かった。このドレスのおかげだ。

「コリンくん達、お話できて良かったですね」

ローザがアルヴィンに話しかけると、彼は不思議そうにする。

「なぜ、君が嬉しそうにするのかな。これで一件落着だけど、二人は二度と会えない可能性の方が高いだろう」

「会えないとしても、誤解したまま別れるという一番悲しい結末には、なりませんでしたから。だから、嬉しいのですが……？」

そんな部分を取りざたされるとは思わず、ローザは戸惑う。

「なるほど、普通の人には、そういうものなのか」

ただ、アルヴィンも深掘りをするつもりはないのか、足を組み替えてローザを覗き込んでくる。

「ところで、僕は君に服を渡したわけだけど、もう青薔薇から去って行きたくなったかな」

「えっどうしてですか？」

アルヴィンが語ることは時々わからないが、今回は極めつきだ。むしろ制服を支給したのだから、制服代の元が取れるまでは勤めてもらうと念押しされるならわかるのだが。

驚きすぎて目の前の美しい青年を凝視すると、彼は微笑んだままだったが、どこかほっとした気配を漂わせる。

「ブラウニーには特徴的な別れの逸話があるんだ。靴下でも上着でも、身につけるものを渡すと悪態をついて去ってしまう。だから僕は君に服を渡した」

このドレスもまた、ブラウニーか否か見極めるためだったのだ。

彼のこだわりぶりには驚かされてばかりだったが、ローザは素直に答えた。

「お給料分は、働かせていただけたらと思います」

「そう。こうして残ってくれるのなら、君はブラウニーではない。青薔薇のような……はクレアから禁止されてたな。なら、掃除がとても上手なうちの従業員だ」

微笑むアルヴィンはローザの手を握ろうとして、途中でその手を止める。

「そうだ、女の子に触れるときは、先に確認しなさいとミシェルに言われていたね。親愛のしるしを表していいかな」

律儀に確認をしてくるアルヴィンに、ローザはなんだか肩の力が抜けてしまう。

普通は、名前で呼ぶのもそれなりに親しくなってからなのだが、彼にはローザが持っていた思い込みや普通を、どんどん壊された。

彼の言動には驚いて、うろたえることも多いが、嫌な気持ちにはなっていない。

むしろ、ブラウニーではないと証明するためにしてくれた多くのことは、ローザの胸をいっぱいにした。

だから、答えは決まっている。

「いきなりは驚いてしまうので、やめてほしいのですが……」

ローザは、前置きをしながらも、おずおずと自分から片手を差し出した。

「これから、どうぞよろしくお願いいたします」

アルヴィンはぱっと表情を輝かせると、差し出した手を握る。

そのまま、身を乗り出されると、一瞬、頬に柔らかい感触がした。

ローザがぽかんとする目の前には、妖精のような美貌がある。

「ありがとうローザ、これからもよろしくね」

馬車が止まる。アルヴィンが軽やかに扉を開けて降りてゆくが、頬を押さえたローザは座席に座ったまま動けなかった。

確かに、頬のキスは親しい人に対して示す親愛の挨拶だ。おかしくない、おかしくはないのだが。

いきなりはとてつもなく心臓に悪い。

うまくやっていけるだろうか。ローザは再びアルヴィンが馬車の中を覗き込んでくるまで、顔を真っ赤にしたまま座席から立ち上がれなかったのだった。

二章　レプラコーンの宝物

小さなローザは、母のソフィアが大好きだった。ぼろを着ていても品が良く、穏やかに微笑むソフィアは、物語に出てくるお姫様のようでローザの自慢だった。

『じゃあなんで、お姫様のようなママが、こんなゴミ溜めに居んのさ』

病気がちな母を助けるために、アパートの部屋掃除を請け負ったローザは、住人の女の言葉に戸惑った。

顔はシミとしわだらけで、髪はもつれてしまっている。昔はパトロンがいたほど人気の娼婦だったが、体を壊し流れ流れてここに来たのだと聞いた。

美しさを失い、ベッドに身を横たえたままの女が小さなローザを見つめる。

哀れみと悔恨に似た何かを感じて、ローザは身がすくんで一歩後ずさった。

今の生活は満ち足りていて、ここに居る理由など、一度も考えたことがなかった。

『どう、してでしょう』

『そんなもん決まってる』

女がにいっと笑うと、所々抜けが目立つ黄ばんだ歯が露わになる。

『どこでも転がってる話さ。愛されても手込めにされてもガキは出来る。アタシのように孕(はら)んじまえばお終(しま)いさ。純潔が大好きなお貴族サマならなおのこと』

震える指を上げて、指さすのはローザだ。

『お前のママは、アタシとおんなじように、ここまで落ちてきたんだよ』

＊

夜も明けない時間に、ローザはベッドから起き上がる。

幼い頃の夢を見た。まだ何も知らず幸福だった時期の記憶だ。

ルーフェンは夏も終わりになっていて、朝と晩は冷え込むことが増えた。

母と住んでいた部屋は、台所とベッドルームはかろうじて分かれている。だが一人一部屋とはいかず、同じベッドで寄り添うように眠っていた。

まだそこかしこに、母との思い出が残っている。

以前はお腹(なか)が空いていたせいで、ベッドから起き上がるとふらふらしていたが、最近はもうそんなことはない。

ローザは家に唯一ある丸鏡に向き直り、身繕いを始めた。

鏡にはローザの重たい黒髪と、小さな顔が映り込んでいる。未(いま)だ幼さは残るが、頬は少し丸くなったように感じられた。

長い前髪の間から、主張する青い瞳が鏡の向こうから見返した。

母の榛色(はしばみいろ)とは違う色。

『あなたの目は――……』

ふ、と悲しげな母の顔が脳裏に浮かび、ローザは鏡から目をそらした。

ローザが青薔薇(ブルーローズ)で働くようになって一月以上が過ぎようとしていた。

すでにアルヴィンからは一度目の給料が支給されていて、大家には今までの滞納分も含めて家賃を返済できている。

「そりゃ良かったけどさ、どうやってまとまった金を用意したんだい!?」

「そのう、雇ってくださるお店が、見つかったのです」

アパート内で遭遇したミーシアに驚かれたが、ローザは曖昧に濁す。

中上流階級(アッパーミドルクラス)向けの骨董屋(こっとうや)で従業員をしている、など。自分でも未だ信じられないのだ。

だが、ミーシアは少し安堵(あんど)したように肩の力を抜いた。

「そっか。手っ取り早く稼げんのは、街角に立つあれだからさ。無理矢理されんのはしんどいし、あんたが早死にすんのはやだし。ぜったい止めようって思ってたんだよ」

あけすけなミーシアの言葉に、ローザは今朝の夢を思い出した。

あの女は冬を越せなかったが、空いた部屋にはすぐに似た境遇の女が住んだ。身を持ち崩した女が行き着く先は決まっていて、詮索されたくない者がお互いに知らんふりをして身を寄せ合う。ここでは全く珍しくない。

珍しくは、ないのだ。

「それに、ちょっと前に品良く見える綺麗な子を、メイドに誘うやつらが居たみてえなんだ。なんでも、良いとこに勤められるような人物証明書を書いてくれんだとさ。あんたぼろを着てても上品だから、誘われたんじゃねえかと思ってたんだけど」

人物証明書とは、使用人の前歴とどのような人物かを記した履歴書のことだ。通常は職場を辞めるときに雇用主が書き与えるもので、身分の高い裕福な家に勤めるには、良い内容の人物証明書が不可欠である。これがないと、いくらやる気があっても中流階級以上の屋敷に勤めるのは難しい。ましてや労働者階級でも下層に位置する自分達を雇い、好意的な人物証明書を書いてくれる雇用主はめったにいない。

そこまで考えたところで、ローザは慌てて否定した。

「違うと、思います。まだこちらに住むことを許してもらいましたし」

アルヴィンが自分に声をかけた理由は今でもわからないが、悪意は感じ取れなかった。

「へえ？　偉い人には、あたし達みてえな貧乏人なんて、そこら辺の野良犬と変わんねえと思ってたけど。人物証明書を書いてくれるってやつも、なんか裏がありそうだしさ。とはいえ、あんたの雇い主みたいに、拾ってくれる人も居んだから捨てたもんじゃないね」

「それは、本当に、そうですね」

ローザは、ミーシアの言葉にしみじみと応えた。

花の仕入れに行くミーシアと別れたローザは、乗合馬車に乗って移動する。

前は青薔薇まで歩いていたが、今までの家賃を払っても充分な金が手元に残ったため、少し楽ができるようになった。

そして、通勤の人々でごった返す中、青薔薇の近くで降りたローザは、表の入り口がある通りではなく、裏口に続く通りを選ぶ。

なぜなら、今のローザの服装はいつもの茶色いワンピースだ。住んでいる地区は労働者階級が多く、青薔薇の制服はとても目立つ。

ローザは、通勤時にいつもの服で裏口から入り、制服に着替える方法をとっていた。いつものワンピースで正面から入る勇気は持てない、ローザの苦肉の策である。

強い日差しによって、気温はぐんぐん上がり始めていたが、日陰はまだ過ごしやすい。

裏通りに回ると、同じ並びに住まう家の使用人が出入りしているのが見えた。

ローザとほとんど変わらない姿の彼らに安心しつつ、青薔薇の裏口の前に立つ。

鉄柵の合間に設けられた戸を開くと階段になっていて、半地下にある中庭につながる。

そうすれば勝手口から中へ入れるのだ。

おそらく、すでにクレアはキッチンルームで作業しているだろう。彼女は自宅のキッチンよりこちらのキッチンが広いからと、自宅で使う様々な保存食作りもしているのだ。ローザも、彼女に持ち運びの利く料理を持たせてもらうようになってから、お腹(なか)が空かない。おかげで、はじめは少し緩かったドレスも、今はぴったりだ。

今日は何を作っているのだろう。ほんのりと期待しながら階段を降りようとしたローザは、低い声に呼び止められた。

「おい、お前」

振り返ると、ローザが見上げるような大きな男が立っていた。

仕立ての良いジャケットとウエストコートに包まれている上半身は、見るからにたくましく、大柄だ。銅色の髪は後ろになでつけられており、鷲鼻(わしばな)が特徴的な顔立ちは、若そうではあるが厳(いか)めしい。

なにより、眉間に寄ったしわには、こちらをとがめる色が含まれていた。

ローザは、ひ、と我知らず息を詰める。

蛇に睨(にら)まれた蛙(かえる)のように立ち尽くすと、男はじろりとローザを見下ろした。

「このあたりの娘ではないな。青薔薇の店主に懸想したのか。だが、屋敷に無断で立ち入るのは立派な犯罪だ」

「あ、の、わた……」

なにか言わねば、と声を上げかけたが、後ろの鉄柵に勢いよく手をつかれた。

ぎいんと激しい音が耳元で響く。

男が険しい顔で見下ろしてくる。

「優しく見えるだろうが、思い上がるな。あれは人間に等しく興味のない男だ、とっとと失せ……っおい!?」

途中から声が恐ろしく焦っていたが、あまりの迫力と恐怖でローザの意識はそのまま遠のいたのだった。


目覚めたローザが、まず感じたのは柔らかい感触だった。

「ん……」

「起きたかい？　ローザ」

穏やかなアルヴィンの声にまぶたを開くと、そこは見知らぬベッドの上だった。

周囲はまるで青薔薇の店舗内をぎゅっと凝縮したようだ。骨董品とは違うよくわからないお守りや、雑貨が多い。窓辺にはミルクらしきものが入れられたお皿が置かれている。

整理されているとはとてもいえないが、不思議と調和がとれているように見えた。

ベッドサイドの椅子には、銀髪をいつも通り結んだアルヴィンがティーカップを片手にのんびりと座っている。

「ここは……？」

「僕のベッドだよ。クレアがなるべく安静にさせなきゃいけません！　と言ったから、ここに運び込んだ。覚えているかな、君は勘違いしたセオドアに脅されて気を失ったんだ」

ローザはその言葉で、意識を失う直前の出来事を思い出して飛び起きた。

まさか怒鳴られた勢いで気絶するとは思わなかった。それだけ男の気迫がすさまじかった、ということでもあるのだが。

なにより雇い主のベッドを使った事実に、羞恥と気まずさが襲いかかってきた。

「お、お手数を、おかけしまして……」

「はい、紅茶だよ。温かいから落ち着くと思う」

うろたえるローザだったが、ぽんと、差し出されたティーカップをソーサーごと受け取ってしまい、おずおずと口をつける。

カップの取っ手はつまむように持つものだ、と母に教わった。アルヴィンにも褒められたことを思い返し、少しくすぐったくなる。

すでにミルクが入れられている紅茶には香りが付けられているようで、柑橘の風味が鼻腔を通り、舌を焼かない絶妙な温度で喉を滑っていく。苦みは薄く、柔らかなうま味を感じた。ひとくち、ふたくちと飲んでいくうちに、強ばっていた体の芯も緩む。

「アルヴィンさんの淹れるお茶は、おいしいですね。これはなんというお茶でしょう？」

紅茶は安く手に入る出がらしを乾かしたものしか知らなかった。しかし、青薔薇に来てアルヴィンの淹れるお茶を飲んだことで、茶葉によって様々な味があることを知ったのだ。

「お茶を淹れるのだけは、よく褒められるんだ。これはアールグレイと言って、ベルガモットで香り付けをされている。僕が好きなお茶なんだ」

「なるほど、だから柑橘の香りがするのですね」

アルヴィンが、明確に「好き」と語るのが新鮮な気がした。

もう一度アールグレイに口を付けほっと和んだローザだったが、そうではないと思い出す。だがぐっとアルヴィンに覗き込まれた。

「顔色も戻ったみたいだし、大丈夫なら下に降りようか」

「でしたら、お盆はわたしが持ちます」

アルヴィンが立ち上がって出ていくのを、ローザはティーセットの載った盆を手に後を追う。アルヴィンは青薔薇の二階に住んでいると事前に知らされている。

予想通り、扉の向こうは階段ホールで、階段を下ると青薔薇のある一階だ。

階段ホールに出ても、壁の厚みで外の喧噪は聞こえない。

アルヴィンはさらにもう一つ階段を下りた。

半地下は普段クレアが働くキッチンや、食事をとるダイニングルームがある階層になっている。半地下といっても、庭や表通りの空堀から充分に採光がされているため、それなりに明るい。昼食時にはダイニングルームを使うので、ローザもすでに馴染んでいた。

だが、階段を下りていくと、ダイニングルームからクレアの叱責する声が聞こえた。

開け放たれていた扉をくぐると、中では恰幅の良いクレアが胸の下で腕を組み、神妙に床に座るくだんの男を睥睨していた。

「グリフィスさん！　警部ともあろう方が、いたいけなお嬢さんを頭ごなしに怒鳴るなんて、どういう了見ですか！」

「またアルヴィンに群がる追っかけかと、早合点してしまってだな」

「それにしたって気を失わせるほどはやりすぎです！」

「本当に、反省をしている。徹夜続きとはいえ、あってはならんことだった。……おや」

男はそこで、入ってきたアルヴィンとローザに気付いた。

目が合ってしまったローザは、思わず身を縮めてアルヴィンの背後に隠れる。

アルヴィンはこの叱責の場でも、いつも通りのんびりと声をかけた。

「やあクレア、ローザが起きたから連れてきたよ。ただ、さすがにお腹が空いたな。ローザも温かいものを食べた方が良いと思うし、セオドアも青ざめて体調が良くなさそうだ」

「あら、確かにグリフィスさん、顔色が悪いですね？」

「いや、自分は寝ていないだけで、気遣いは無用だ」

アルヴィンやクレアを手で制した男は、床に座ったままローザに向き直る。

「先ほどは大変申し訳ないことをした。心から謝罪する」

「その、わたしこそ気絶なんてして申し訳ありません。ですが、その……」

「む、やはり訴えたいか。構わない。しかるべき機関を紹介しよう」

自分よりも遥かに大きな男性に、大まじめに答えられたローザは再び卒倒しかけるが、そうなる前に気力を振り絞った。

「その前にお名前を教えていただけませんかっ」

ローザの訴えに、目の前の男性は座り込んだまま、ぱちぱちと目を瞬く。その仕草は少年のようにあどけない。

ローザの隣でぽん、と手を叩いたのは、アルヴィンだ。

「そういえば、ローザは会うの初めてだったね。彼はセオドア。このテラスハウスの四階の住人だ」

「挨拶が遅れてすまない、セオドア・グリフィスだ。ルーフェン警視庁で警部をしている。お嬢さんの名前を教えていただいて良いだろうか」

セオドアは、先ほどとは打って変わり、気まずそうながらも礼儀正しく問いかけてきたのだった。

銅色の髪をした男、セオドアは恐ろしくよく食べた。

卵をフライパンに落として焼いたサニーサイドアップに、よく焼いたベーコン。トマトソースで豆をじっくりと煮たベイクドビーンズに、旬の葉野菜を添えたプレートと、ミルクをたっぷり入れた紅茶。そして山盛りのトーストという食欲をそそる朝食だ。

だが、アルヴィンが一口、ベイクドビーンズを運ぶ頃には、セオドアのベイクドビーンズの皿は空になる。ローザがトーストを半分かじる間に、セオドアのトーストは三枚なくなっていた。

食べる姿が下品にならないのが魔法のような、見事な食べっぷりだった。

「モーリス夫人、ありがとう。生き返ったような心地だ」

綺麗(きれい)にからになった皿の前で、血色のよくなったセオドアはクレアに礼を言うと、彼女もまたまんざらではなさそうだった。

「相変わらず気持ちの良(い)い食べっぷりねえ。半月ぶりにまともな時間に帰ってこられたみたいだけれども、お休みするの？」

「いや、用を終えたら出勤する。今抱えている事件を解決しない限りは不規則な帰宅になる。適当に食べるから、自分は気にしないで欲しい」

「あらまあ、大変なのね。ならサンドウィッチを作るから、持っていってくださいな」

「感謝する」

律儀に頭を下げたセオドアに微笑(ほほえ)んだクレアが、足取りも軽く去っていく。

彼は同じテーブルについているローザに向き直る。

「エブリンさん、改めて謝罪しよう。本当にすまなかった。この顔だけ男を一目見たいと、女達がよってたかって待ち伏せに来るんだ。以前は家にまで侵入してきたことがあってだな。市民の味方としては、未然に犯罪を防ぎたかったのだ」

「そういえばそんなこともあったね」

「いえ、申し訳ありません。わたしが、まぎらわしいことをしたのが悪かったのです」

セオドアに頭を下げられたローザも、慌てて頭を下げ返す。

彼はこの一ヵ月、深夜に帰宅し、ローザが出勤するのと入れ替わるように家を出ていたのだという。さらに、上階につながる階段は、青薔薇（ブルーローズ）の店舗入り口とは別に設けられている。そのため、今までセオドアと顔を合わせることがなかったのだ。

存在を知らなければ、警察官ならば不審者を詰問するのは当然だと納得している。

だが、セオドアはそうは思わなかったらしい。

「視線を合わせないのは、未（いま）だに俺が恐ろしいからだろう。警察は市民の味方だ。婦女子をみだりに怯（おび）えさせるのは俺の信念に反する」

「ローザは人の視線全般が怖いんだ。これが彼女のいつも通りだよ」

のんびりと食後の紅茶をたしなむアルヴィンを、セオドアはぎろりと睨（にら）む。

「そもそもアルヴィン、お前がきちんと俺に伝達していればこんなことには……」

「おや、君には伝えたはずだよ。『新しく青薔薇が店の一員になったよ』と」

「まさか人間だと思わんだろうが！」

声を荒らげるセオドアの腹に響くような声に、ローザはぴゃっと身を縮めた。

自分に向けられたものではなく、怒っているわけではないとは感じても怖い。

そこで、アルヴィンは少し眉をひそめた。

「セオドア、僕を窘めたいのはわかるけど、大声は出さないで。ローザが怯える」

「っ……ぐ、すまない。だが、骨董屋で接客をしているというが、そのような様子で務まるのか。どうせアルヴィンが強引に勧誘したのだろう。こんな小さなお嬢さんだからこそ、店の客の反感を買わないのだろうが……それでもだな……」

セオドアはしまったという表情を浮かべ、声を落としてくれたが、至極まっとうなことを聞いてくる。

「わたしは十八になりますので……。それほど小さくはないかと思います」

「なんだと⁉ それは失礼した。十二歳くらいかと」

慣れた反応だが、セオドアの響くような大声にローザはまた首をすくめる。

セオドアは少々すまなそうな顔をしつつも、ティーカップを傾けるアルヴィンに語る。

「アルヴィン、ならば余計に出会って一カ月の年頃のお嬢さんを愛称呼びなど失礼極まりないだろう。お前が名字をかたくなに呼ぼうとしないのは昔から知っているがな……」

　ローザはもう慣れてしまったが、普通であれば、名字で呼ぶものだ。同性だと、親愛の表現として愛称を使うこともあるが、異性はさほどない。セオドアの言葉は正しい。

「彼女はまだつぼみだけど、薔薇のようだろう？　ローザは相応しい名前を持っているのに、呼ばないほうがおかしいと思わないかな」

　だが、アルヴィンは涼しい顔のまま続けた。

「接客が務まらないと疑われるのも心外だ。ローザは居てくれるだけで場が和らぐし、最近は商品の特徴も覚え始めているんだよ。ローザ、今日使っているティーカップはなにかわかる？」

「っアルヴィン、またアンティークを使っているのか！　俺が力加減を間違えて壊したらどうする！」

　セオドアは一転、怯えたように華奢なティーカップをそっとソーサーに戻す。

　大男がティーカップを怖がる光景にローザは面食らいつつも、飲み干したティーカップを改めて見つめた。

「乳白色の地に、唇に触れたときの冷たさと縁の薄さ、軽さからして、磁器だと思います。華やかな植物の柄と金彩が施されていますね。この特徴は東洋のええと、コイマリでは、ないかと、思うのですが……」

ルーフェンでは極東から輸入される陶磁器の華やかで異国風味の柄が人気だと、教えてくれた。だから、植物模様の古伊万里の陶磁器は青薔薇でも取り扱っている。

「半分正解。ただ、裏底を見てみよう」

アルヴィンに促されてローザが裏側を覗くと、エルギスの文字が使われた窯元のマークが印字されていた。東洋ではこの部分はサインであることが多い。つまり、このティーカップは東洋から輸入されたものではない。

「磁器ではあるが、これは古伊万里パターンの影響を受けたエルギス産のティーカップとソーサーだ。人気になったものは、自国でも生産されるようになる。これは需要に併せて作られた国内の一品だよ」

「模倣ではあるけれど、贋作ではない。ということですね？」

「よく覚えているね。その通りだ。偽るために作っていないからね。妖精と一緒だ、美しいから姿を描く、彼らの力を借りたいからモチーフにする。この精巧な染め付け柄は、カップを作った窯元が、柄の美しさに魅せられた証拠だ。だから僕の店でも取り扱う」

「……驚いた」

アルヴィンが締めくくると、ぽかんとしていたセオドアが呆然と呟く。

すると、アルヴィンは少々自慢げに語ってみせる。

「ね、君にどれだけ説明してもわかってもらえなかった話を、ローザは一カ月で覚えたんだよ」

「仕方ないだろう、俺には使えるか使えないかしかわからん。だが、エブリンさんはもうカップの種類も見分けられるのか」

「いえ、その」

セオドアに感心されて、ローザはしどろもどろになった。

アルヴィンは、さらにセオドアに続ける。

「それに静かに座っていてくれて、梱包も綺麗にしてくれるんだ。さらに僕の書いた会計帳簿も読める」

「なに、帳簿が読めるということは、計算と文字の読み書きにも不自由しないのか」

「計算は、母に習って少しできました。帳簿の読み方は、アルヴィンさんに教えていただきましたし……」

ローザは戸惑いがちに説明すると、セオドアは意外にも首を横に振った。

「……いや、会計帳簿を読むには、専門的な知識を読み下すための理解力が必要だ。日曜学校程度の読み書きだけでは難しい」

「ローザはたちまち飲み込んでくれたよ。しかも掃除がとても上手だ。バックヤードが綺麗になったのは彼女のおかげなんだ。とても良い従業員だよ」

「あのバックヤードを掃除できたのか！　貴重品の山の中で作業できるとは……君はとて

も器用なのだな。アルヴィンの指示する手入れの複雑さはめまいがするだろうに」

驚くセオドアに凝視され、ローザは気恥ずかしさにたまらずうつむいた。

当然だとばかりに微笑むアルヴィンを横目で見たセオドアは息を吐く。

「ともあれお前が気に入っているのはよくわかった。彼女も俺が考えていたような不都合を起こすような娘ではないようだ」

「それは良かった。ところで、セオドアは僕に何か用があるのではないかな。人心地をついたのは確かだろうけど、目の下の隈は薄れていない。すぐに休みたいはずなのに、僕達と会話を続けているし、君にしては挙動に落ち着きがない」

アルヴィンの問いにセオドアは苦々しげにするが、どこかほっとした色を見せる。

「お前はいつでもお見通しだな。それをどうして対人関係に活かせないのか……」

「活かすために覚えたんだ。で、なにかな？」

テーブルに頬杖を突くアルヴィンに対し、セオドアは几帳面に居住まいを正す。

「お前の妖精学者としての助力を欲している人が居る。妖精の宝箱を開いてくれないか」

ローザは、アルヴィンの銀灰の瞳が強い好奇心に染まったのを見た。

*

その日、青薔薇は臨時休業となり、ローザはセオドア、アルヴィンと共に馬車の中の人となっていた。

だがセオドアは、向かい側に座るローザを未だ信じられないと凝視している。

ローザにも同行を願われて、いつもの制服に着替えてからずっとこの調子だった。

「セオドア、そんなに見つめたらローザが怖がるだろう。ほら萎縮してしまっている」

「すまない。だが、どこからどう見ても先ほどの労働者階級の娘と印象が結びつかなくてだな……。確かに面影があるのだが、娘というのは服ひとつでここまで変わるのか」

嫌悪はないとわかっていても、ローザは必死に失礼にならない範囲で視線をそらす。

夏用に、と上着が新調されており、レース飾りが軽やかな印象になっている。

スカートを膨らませる腰当てがついているが、控えめだから深く座れて楽だった。

夏らしい軽快なジャケットとズボン、そして帽子を身につけたアルヴィンは、当然とばかりに語る。

「ローザが特別なんだ。服を着ただけでは、普通はちぐはぐになるだけだよ。実家で使用人を見ている君ならわかるだろう？　いくら上等なフロックコートを着ていても、執事と家の主人は違う」

「……確かにそうだな。彼女は服の格に合った所作を身につけている。もしや以前はどこか名のある家に勤めていたのか？」

セオドアに訊ねられたローザは誤解される前に慌てて語った。

「いいえ、ずっと掃除婦や洗濯屋に勤めていて、お屋敷でメイド等はしたことがありません。ただ、影響があるとしたら、母からかと」

「そういえば、読み書きはご母堂から習ったと言っていたな。ご母堂がお屋敷に勤められていたか」

少しだけ、胸が痛みで疼いたが、ローザは表に出さずに答えた。

「母が以前どのような仕事に就いていたか、詳しくは知りません。ただ、我が家には週に三回『きちんとする日』というのがありました。その日は母の教え通り行儀を良くしながら、お茶をしたり、文字の読み書きを教わったりしたのです」

あれは緊張しながらも、楽しい時間だった。母と向かい合い、お茶会のまねごとをしたり、手紙のやりとりをしたりするのだ。どちらもぼろを着ていたけれど、「きちんとする日」の母は凜としていて、憧れたローザは一生懸命まねた。

もう、あの時間は戻ってこないのか。

しんみりした寂寥がローザの心に広がった。

落ち込んだことは、さすがにセオドアに気付かれた。

「ご母堂となにかあったのだろうか」

「申し訳ありません。四カ月前に、亡くなったばかりで……」

「それは、お悔やみを申し上げる。ぶしつけに聞いて悪かった」

セオドアに謝られたローザは、浮かびかけた涙も引っ込んでうろたえる。この警官は、とても潔く、アルヴィンとはまた違う方向でローザを戸惑わせる。

とはいえセオドアはあまり深刻になりすぎず、頭を上げると安堵を浮かべた。

「アルヴィン一人を送り出すのは、とてつもなく不安だったが、エブリンさんが居れば多少はマシかもしれないな」

恐ろしく率直なセオドアの言葉に、ローザは目を丸くする。

セオドアはのんびりと外を眺めていたアルヴィンを見つつ話し始めた。

「今回、引き合わせるのは、俺が担当している強盗事件の被害者家族の女性だ。名前はエミリー・ブリックス。三カ月前に銀行家の夫、マーカスを強盗に殺されて亡くしている。だからアルヴィン、くれぐれもいつもの調子でぶしつけな態度をとってくれるなよ」

「そう語る君も、いつも通りお人好しだねえ。三カ月も前ってことは、警部の君は被害者家族と関わらなくて良いはずだ。にもかかわらず、被害者の憂いを払うために、事件に全く関係ない相談事を受けたんだろう」

アルヴィンの言葉にセオドアは、ぐっと眉根を寄せる。

その反応でローザは、アルヴィンの指摘通りなのだと知り驚いた。

二人は親しい間柄なのだと察していたが、わずかな言葉からたどり着くアルヴィンの洞察力は鋭い。

セオドアは決まり悪そうにしながらも、厳(いか)めしさを保った。

「市民の心の安寧を守るのが、警察の仕事だと考えている。困っているのなら誰であろうと助ける」

「それでしなくても良い仕事を背負って自分の体調を崩していたら、全く意味がないと思うのだけど」

「問題ない、俺は人より頑丈だ」

「まあ僕は妖精に関する話なら何でも聞くよ。――着いたみたいだね」

アルヴィンの言葉でローザも窓の外を見る。

たどり着いたのは、郊外に位置する大きな屋敷だった。

ルーフェンは近年の人口増加で地価が上がっている。そのため、たとえ自分の領地には広々とした屋敷を持つ貴族でも、ルーフェンに滞在する時にはテラスハウスのような集合住宅に家を借りるのも珍しくない。郊外でも、独立した家を持つのは豊かさの証(あか)しになる。

馬車から降りる段になって、ローザはアルヴィンに声をかける。

「アルヴィンさん、わたしが荷物を持ちますね」

今回のローザの位置づけはアルヴィンの助手だ。荷物持ちは自分の役目である。

革製の大きなトランクを抱えてローザが降りると、先に降りていたセオドアが手を差し伸べてくる。

「お嬢さんが荷物を持つものではない。貸しなさい」

「ですが少し……」

ローザが止める間もなく、トランクはセオドアの手に移ったのだが、彼は一瞬硬直した。

体を傾かせることはなかったものの、動揺を浮かべてローザを見る。

「ずいぶん重いが、君は大丈夫なのか」

「はい、前は洗濯物でいっぱいの籠を毎日運んでおりました。これは軽いくらいですよ」

「ローザは力持ちだよね。運搬をお願いした椅子も軽々と運んでくれた」

「お前が得意げにすることでもないぞ」

しみじみと語るアルヴィンに、セオドアは息を吐くと、扉のノッカーを叩いたのだ。


使用人によって案内された応接間で対面したエミリー・ブリックスは、五十代ほどの女性だった。

白髪が交じった黒髪を結い上げて、黒一色のドレス――喪服を身につけている。

彫りの深い冷酷そうな顔立ちを硬くし、表情が乏しい彼女は、それでも入室してくると
セオドアに礼儀正しく握手を求めた。

「グリフィス警部、わたくしのお願いに応えてくださり、ありがとうございます。こちら

が以前、お話しくださった……？」

「ええ、アルヴィン・ホワイトです。隣が彼の助手のロザリンド・エブリン。妖精に関する事柄でしたら、この男以上に詳しく真摯な者は居ないと自分は信じています」

「はじめまして。僕が青薔薇骨董店の店主だ」

「お世話になります、ホワイトさん。ずいぶん小さい方を助手とされていますのね」

紹介されたローザも緊張しながら立ち上がると、スカートを摘み片足を引いて軽く膝を曲げる。

アルヴィンと握手をしたエミリーは、ローザに対して冷めた視線で一瞥する。

興味がない、ともとれる反応だったが、ローザは彼女の表情に既視感を覚える。

なんだろうとローザが記憶をたどっている間に、アルヴィンはエミリーを覗き込む。

「眉が寄って表情が険しいし、口元も強ばっている。僕かローザに懸念を抱いているだろうか。年齢のことだったら、彼女は十八歳だ。アンティークの使い方は心得ているよ」

「そうでしたの、失礼いたしました。グリフィス警部を信頼していないわけではありませんが、あなたも骨董屋の店主としても……美しい上にお若いものですから」

遠慮がちながらも、不信の混じるエミリーの言葉にアルヴィンは当然だと頷いた。

「僕に対して懸念を覚えるのは正しい。ならば能力で示そうか」

「おっしゃる通りね。ライラ、持ってきて」

エミリーは淡々と頷くと、メイドに声をかける。

間もなく落ち着いたワンピースに装飾性の高い真っ白なエプロンを身につけたメイドが運んできたものが、四人の囲むテーブルに置かれる。

それは、両手に載る程度の箱だった。見た限り木製で、表面は艶やかな飴色に輝いている。四隅と鍵部分は金で優美な細工が施されており、重厚な雰囲気を醸し出している。

なにより、目を引くのは全面に施された絵画だ。

驚くほど鮮やかな色彩で描かれているのは、しわくちゃな顔をした老人だった。とがった鼻と輝く目をしており、頭にはとんがり帽子をかぶり、銀のボタンで飾られた赤いジャケットと、茶色の半ズボンを身につけている。ぴかぴかの銀のバックルが付いた黒い靴がどこか誇らしげだ。手には小槌を持っており、靴の修理をしていた。

ローザは、箱を目の当たりにしたアルヴィンの表情が輝くのが見えた。

「手に取っても？」

「ええ、そのためにお呼びしましたもの」

「ありがとう。ローザ、鞄から手袋と拡大鏡を出して」

「はい」

ローザが頼まれたものを取り出すと、アルヴィンは手袋をはめるなり、丁寧な所作でその箱の観察を始めた。

「本体はマホガニー製だろうか。四隅のコーナーガードと脚はおそらく金だね。装飾も美しく彫りも丁寧な仕事だ。なにより素晴らしいのはこのレプラコーンだね！」

彼の熱の籠もった声を聞いたとたん、エミリーの表情が微かに変わる。

拡大鏡を覗き込んだアルヴィンは、ローザに声をかけた。

「ローザ、見て。拡大するとよくわかるけど、このレプラコーンは一粒一粒細かい色ガラスを並べることで描かれているんだ。これはマイクロモザイクという手法でね。粒が細かければ細かいほど膨大な時間と技術が必要とされるから、価値が高くなる」

驚いたローザもまた、拡大鏡を覗かせてもらう。確かに絵画の部分には細かい粒が並んでいる。一見しただけでは、ガラス片で描かれているとはわからないだろう。

「これはモザイク硝子の欠落もほぼない。作られた年代こそ浅いけど、丁寧な仕事で作られた良い品だよ。なによりモチーフにレプラコーンが使われているのが実に良い」

「レプラコーンはどのような妖精なのでしょう？」

ローザが訊ねると、顔を上げたアルヴィンは輝かんばかりの笑みで語った。

「レプラコーンは、妖精の靴屋と伝承されているよ。元々は〝小さな身体〟を意味するルポルパンという名称が使われていた。この絵の通り、しわくちゃの顔にとがった鼻と輝く目をしていると言われている。そしてこの妖精は、踊ってすり減った妖精の靴を修理する職人なんだ」

「だから、この絵でも靴を直しているのですね」

ふむふむとローザは納得したが、なぜ宝箱に良い絵柄なのかは語られていない。

それもアルヴィンが続けた話で理解した。

「ここで大事なのは、レプラコーンは同時に〝金貨の守護者〟とも呼ばれていることなんだよ。宝箱に描くにはこれ以上ないほど良い妖精だ」

アルヴィンが締めくくると、じっと話を聞いていたエミリーが小さく息を吐いた。

再びアルヴィンを見る眼差しからは、先ほどまでの硬質さが薄れている。

「ええ、夫はその宝石箱を『レプラコーンの宝箱』と呼んでおりました。一目でわかるあなたは、確かに妖精にお詳しいのでしょうね。あなた方になら委ねられそうです」

彼女もまた警戒していたのか、とローザは理解した。

そのことをあらかじめ把握していたのだろう、グリフィスが重々しく頷く。

「感謝する、ブリックス夫人。この男は無礼でぶしつけだが、妖精に関しては真摯だ」

しかし当のアルヴィンは、しげしげと宝箱を眺めたまま不思議そうにした。

「それで、宝箱を開けて欲しいということだったけど、この鍵なら僕でも傷をつけずに開けられるよ。でなくとも鍵師に頼めば、すぐに目的は達成できたと思うけれど」

「いいえ、わたくしからのお願いは、この宝箱の鍵を見つけることです」

エミリーの言葉に、鍵開け道具を取り出そうとしていたローザはえっと顔を上げる。アルヴィンもまた瞳に興味を宿して、眼前に座るエミリーを見返した。

「その宝箱は、わたくしが覚えている限り、亡くなった夫が一番大切にしていた物です。死ぬ間際までこの宝箱のことを気にして最期を看取ったわたくしに託しました。わたくしは、夫が何を思ってわたくしに託したのか知りたい」

エミリーの声に初めて懇願が滲む。

「鍵はこの屋敷にあるはずです。日にちが掛かった分だけ、謝礼は差し上げますから、探していただけないかしら」

「構わないよ。とても面白そうだ」

アルヴィンの軽い返答に、エミリーはもう不審の眼差しは向けなかった。

依頼が成立したのを見届けたセオドアは、一安心した様子で仕事に戻っていった。

去り際、セオドアはローザとアルヴィンに対しひっそりとこぼした。

「ブリックス夫人は、貴族階級から、資産家の夫に嫁いだ方でな。冷めた態度に見えるだろうが、誰にでもあのような様子だ。特に強盗騒ぎで人間不信になりかねないことがあってな、ほとんど人を寄せ付けない。だが、夫のブリックス氏を亡くされてから消沈されているのは間違いない。この宝箱は唯一口にした彼女の望みなんだ。できればアルヴィンのぶしつけな態度を控えめにしつつ、見つけてやって欲しい」

「はい、ブリックス夫人が悲しまれているのはわかりますから、ご安心ください」

ローザが腑に落ちて告げると、セオドアは驚いたように目を見開いた。

「あの方は、何かとても苦しい気持ちを抑え込んでらっしゃいます。わたしは鍵探しはあまりお役に立てないかもしれませんが、アルヴィンさんを止めることくらいはできます」

エミリーの言動は、確かにかたくなだった。しかし、初めて彼女を見たとき、ローザが覚えた既視感の正体は、鏡の中の自分と同じ表情だったからだ。母を失い悲しみが深すぎて表情が凍ってしまった自分の。だからローザは、エミリーが悲しみを押し殺していると感じたのだ。

「……ありがとう。君は優しい子だな」

セオドアはローザの前で、初めて表情を和らげると、ブリックス邸を去った。

「まずは、手がかりを集めないとね。ひとまず庭を見せてもらおうか。その次は、ご主人がよくいた場所を案内してくれると嬉しい」

「庭、ですか。構いませんが……」

昼食をごちそうになったあとアルヴィンが願うと、エミリーは使用人任せにせず、邸宅内を案内してくれた。

今は夏の終わりだが、庭には多くの花が咲き乱れていた。ルーフェンでは、庭に鮮やかな花々をそろえることが流行だったが、この庭は格別だ。鉄柵に絡められたツタが赤く染まり、遅咲きの薔薇が華やかに花弁を広げる横では、コスモスの優しい色合いが美しく風にそよいでいる。庭に降りたとたん、良い香りに包まれて、思い切り息を吸い込んだローザは顔を綻ばせた。

「素敵な庭ですね！　薔薇が夏の気配を残すのに、コスモスや蔦の紅葉で秋が感じられます。しかもハーブのコーナーまであるなんて！　ポプリ作りが楽しそうです」

話してしまってから、しまったと口を塞ぐ。

せめてきちんとしていようと気を張っていたが、見事な庭には思わず声がこぼれてしまった。ローザは助手なのだから、話しかけては非礼だろうと、控えていたのに。

貴族出身の人間は使用人とみだりに話さないものだ。それを知っていたから、気をつけていたのだが、彼女の発音が母と似た響きをしていて気が緩んでしまった。

恐る恐る窺うと、ローザの予想とは反して、エミリーは表情を緩めた。

「この庭はわたくしが丹精したものです。夫には『使用人に任せて良い』と言われましたが。レディにはできないと言われているようで悔しくて、意地で始めたら意外と楽しかったのです」

存外親しく語られて、ローザが目を丸くすると、エミリーと初めて目が合う。

「あらあなた、とても綺麗な目をしているのね。花達が育つ青空のようだわ」

「あり、がとうございます」

素直な賞賛の言葉に、ローザは気恥ずかしくなり視線をそらすが、視界の端でエミリーの顔が曇る。

「けして皮肉ではなく、あなたの色を褒めたつもりでしたが、不愉快でしたか」

「申し訳ありません。人と目を合わせるのが苦手なのです。褒めてくださったと理解しております」

ローザが慌てて顔を上げると、エミリーは表情をわずかに緩めて安堵を見せる。

「そう、なら良いわ。わたくしは、本心を見せるのははしたないことと教わったから、今でも醒めて受け止められるようなのです。主人とはそのせいで距離を置いていたから」

「……ご主人に、というとブリックス様に、でしょうか」

思い切って訊ねると、エミリーは苦く目をすがめて言葉をこぼした。

「同じ貴族の方に嫁ぐと思っていたから、わたくしも紳士階級とはいえ、平民の妻になるのがはじめ受け入れられませんでした。主人も多弁ではなかったから、食事を共にしても、会話はあまり弾みませんでした。この庭だけがわたくしの憩いだったのよ」

夫とは仲が良くなかったと言外に語ったエミリーは、アルヴィンが方々を見渡している庭を、ぼんやりと眺めている。

「それでもね、わたくしから歩み寄ってみようとしたこともあるの。夫は庭の話題だけには興味を示したから、二言三言だけ会話が続きました。だから育てたハーブから初めて作ったポプリを差し上げたことがあるの。ラベンダーだったわ」

「そうだったのですか」

目を丸くするローザは、しかし頷いたエミリーの表情が優れないことにも気付く。

「ええ、手製のサシェまで作ったわ。当時はとても良い出来だと思ったけれど、メイドから使っている形跡がないと教えられて思ってしまったのよ。ああだめなのね、って」

「奥様……」

あまりに静かな諦めに、ローザがなんと声をかければ良いかわからないでいると、エミリーは微かに表情を緩めた。

「良いのよ。それでも、長年連れ添ったのですから情はありましたし、充分わたくしは幸せでしたの。エブリンさん、だったかしら。愚痴をこぼしてごめんなさいね。息子達は庭には全く興味を持たなかったから、久々に庭を褒められて嬉しかったわ」

「この庭の花々は生き生きしていて、とても手をかけて育てられたのが伝わってきます」

ローザが付け足すと、エミリーははっきりと表情を綻ばせた。

そこで、庭を隅々まで見渡していたアルヴィンが戻ってくる。

「ブリックスさん、ここにオグルマ草はあるかな。黄色い花をつける背の高い植物なのだけど。あるいはブリックス氏がよく見て回っていた場所を知っているだろうか」

「オグルマ草？　いいえ、オグルマ草はこの庭にはございませんわ。夫もちらりと見るだけでしたし」

「確かに、日常的に使うものを庭に隠すのは違うか……」

戸惑いがちなエミリーの答えに、アルヴィンは少し考えたあと語った。

「次は、ご主人が過ごしていた部屋に案内して欲しい」

「でしたら、書斎でしょう」

　エミリーが案内した書斎は、邸宅の規模に相応(ふさわ)しく広々としていた。

　遮光のためかカーテンが引かれていて室内は薄暗い。窓際に置かれた重厚な書斎机の上には、万年筆や紙、何かの書類の束がそのままにされ、革張りの椅子が収まっている。壁一面には本棚が作り付けられており、様々な書物がびっしりと並んでいた。

　窓際の一つには、サイドテーブルと共に一人用のソファがある。今はカーテンで見えないが、窓の外を見ながらくつろげるようになっているのだろう。

　だが、なにより目を引くのが、部屋中央にある、硝子(ガラス)張りの棚だ。

　見えやすいように斜めにされ、ビロードが張られた棚板には、整然と不思議な意匠の装飾品が並んでいた。

　大きさとしては、手のひらに載るくらいだろう。形としては男性が使うベルトのバックルに近いのだが、必ず同じものが二つ並んでいる。意匠は様々で、金属の簡素なものから、色鮮やかなエナメル、贅沢に宝石で飾られている物まで並べられていた。

一体なんなのか、ローザには見当も付かなかったが、アルヴィンはすぐにわかったようだ。ますます楽しげに声を上げた。

「シューズバックルだね。しかもユニークな品ばかりだ。片側の棚が空なのが惜しいね。これは素晴らしいコレクションだよ」

「夫のコレクションです。夫は宮廷時代のシューズバックルを集めるのを好んでおりました。空になっている棚は、強盗に盗まれた部分です」

淡々としたエミリーの声が書斎に響き、ローザは思わず彼女を振り向いた。

「どうやら、夫は強盗が侵入している最中に書斎に戻ってしまったようです。犯人ともみ合った結果、頭の打ち所が悪くて、ここで、この宝箱を抱えて倒れているのを発見されました。見つけたわたくしに、宝箱を渡して息絶えたのです」

すっと、彼女が視線を流した場所に、ブリックス氏が倒れていたのだろう。

部屋は広いのに息が詰まる気がするのは、ここで時を止めた人が居るからなのだろうかとローザはぼんやりと感じた。

表面上は、エミリーにはなんの感慨も浮かんでいない。部屋を見回していたアルヴィンは微笑みを納めてエミリーを見る。

「ご主人のことを聞きたいな。鍵を見つけるには、持ち主を知るのが一番だ」

「ええ、構いませんわ。夫のマーカスは銀行家です。若い頃から多くの取引を成功させて頭角を現し、〝金貨の番人〟と呼ばれておりました。そして取引を拡大させるために、上流階級とのつながりを欲したあの方は、当時男爵家の娘だったわたくしを妻に迎えたのです。夫は地元で有名な妖精だったレプラコーンを好み、よくレプラコーンにまつわるものを身につけておりました」

ブリックスの写真があると、暖炉の上にある写真立てを見せてくれる。

暖炉の上には家族写真を飾るものだが、この家も同じらしい。写真立ての一つには、若い頃だろう、無表情のエミリーの隣に立つ小柄な男性が写っている。

エミリーと同じくらい厳格な表情を浮かべている男性の足は、ぴかぴかのバックルで留められた靴を履いていた。その周りには、子供のはじけるような笑顔の写真がある中、二人で写る写真だけはよそよそしさが漂う。

ローザの隣に立って写真を覗き込んでいたアルヴィンは、納得したようだ。

「ふむ、金貨の番人と呼ばれ、レプラコーンに親しんでいてくれたんだね。生きていたら、とても話が合いそうだったのに残念だよ」

「なにぶん主人は仕事をするのが生きがいでしたから、家に帰ってくることも少なかったのです。亡くなる前は特に外出が多くて……。使用人の話だと、窓際のソファに座ってよく読書をしていたと聞きましたが、それくらいですわ。わたくしは、書斎に入ることも数えるほどしかありませんでしたから」

疲れたように小さく息を吐いたエミリーは、それでも優美な姿勢は崩さず続けた。

「失礼いたしました。時間がかかりそうでしたら、休憩用にお茶を用意します。書斎は自由にごらんになってくださいな」

エミリーが退出したのを見送ったローザは、うっすらと不安を覚えた。

彼女は使用人達総出で探しても、それらしき物は見つからなかったと語っていた。この邸宅にあるというが、この広々とした室内ですら探すのは困難ではないだろうか。

おずおずとアルヴィンを窺うと、楽しげな空気を隠さないままの彼と目が合った。

「ローザ、手伝ってくれるかな」

「はい、なんでしょう」

「部屋の中からオグルマ草、あるいは赤い靴下留めの意匠があるものを探して欲しいんだ。僕は本棚から始めるから、テーブルの裏や壁の隅まで、余すところなく見て欲しい」

珍妙な願いに、ローザはぱちぱちと目を瞬(しばた)いても、アルヴィンは大まじめのようだ。

ジャケットを脱いで長いすに引っかけると、腕まくりを始めている。

立ち尽くしていると、アルヴィンが不思議そうにした。

「もしかして、オグルマ草がわからないかな」

「オグルマ草は知っています。黄色いデイジーみたいな花を咲かせる、背の高い植物ですよね。母が花に詳しかったので、教わったことがあります」

「植物学は女性のたしなみらしいけど、ローザはしっかり教養も身につけているんだね」

教養というほどのことではないと思うのだが、アルヴィンに褒められて少し照れる。

オグルマ草は郊外の湿地帯に出れば、簡単に見られる花だ。

ローザがピクニックに連れていってもらった時に、母から丁寧に教えてもらった。

「ですが、先ほどからずっと不思議だったのですが、どうしてオグルマ草なのですか」

トランクを邪魔にならない場所に置いたローザは、見やすいように窓のカーテンを開けつつ訊ねる。すでに端から本棚を探し始めていたアルヴィンは、説明していなかったと気付いたようだ。

「そうだな、探す間に話そうか」

背表紙のない本は必ず引き抜いて手に取りながら、アルヴィンは語り始めた。

「まずはレプラコーンが靴屋なのに、どうして金貨の守護者と呼ばれているかだね。それはね、ある言い伝えから始まっている」

アルヴィンの低い声は、澄んで響いて聞き取りやすい。

ローザは書斎机の周りから見始めた。机の中にまで潜り込めるため、小柄な体はちょうど良いと思った。本棚の探索は、きっと一番上の段に手が届かなかっただろう。

「その昔、レプラコーンは踊りが大好きな妖精のすり減った靴を直していた。あまりにも依頼が多いものだから、レプラコーンは大金持ちになった。そして、稼いだ壺いっぱいの金をどこかに隠していたんだ。一説には虹の根元とも言われている。ある日それを知った人間の男が、レプラコーンを捕まえて金の壺のありかを聞き出した」

書斎机と椅子には見当たらず、ローザは窓辺のソファとテーブルに移動する。

ちらりと窓の外を見ると、エミリーの丹精した庭が意外によく見渡せた。

「けれど野原のただ中にあった隠し場所から掘り出すには、シャベルが必要だった。男は仕方なく近くの植物に、自分の赤い靴下留めを結びつけて目印にして、道具を取りに帰ったんだよ。男が戻ってきたら、どうなったと思う？」

「どう、なったのでしょう？」

見当が付かないローザが素直に問いかけると、アルヴィンは楽しげに続けた。

「そこら中、赤い靴下留めだらけになっていたんだ。結局男は、自分のつけた目印がわからず金貨の壺を手に入れることができなかった。その赤い靴下留めを結びつけた植物が、オグルマ草と言われているんだよ」

ローザは、なぜアルヴィンがオグルマ草にこだわるかも理解し始めていた。

「ブリックス氏は、普段から〝金貨の番人〟と呼ばれていて、シューズバックルを収集するほどレプラコーンに傾倒していた。なにより、レプラコーンが描かれた宝箱だ。それだけ符合させているのなら、必ず隠し場所はオグルマ草に関係すると考えたんだ」

「だから、はじめにお庭に行ったのですね。実際のオグルマ草を探して」

「その通り」

「なるほど……妖精は、自分が貯めた宝物を奪われなかったのですね。よかった」

昔話とはいえ、男が無理矢理聞き出した宝を盗んでいかず少しほっとする。

「おや、ローザはそう考えるんだね。たいていこの話を聞いた人は、欲をかいた男の詰めの甘さを笑うものなのだけど」

アルヴィンがどことなく戸惑いがちに呟いていたが、ローザは箪笥の下を覗いていたため、表情は見逃した。

結局、探した範囲ではオグルマ草は見つからず、ローザも本棚の捜索に加わった。

下段の方をじっくりと一つずつ眺めていく。文字は母から習っていたため、読むのには困らない。ただ、古い本には背表紙や表紙に題名がないものが多かった。ローザはアルヴィンと同じように一つ一つ引き出してはページをめくり、確かめていく。

その中に、紙のカバーが掛かっている本を見つけ、ローザは瞬く。

「……？」

「ローザ、どうかした？」

「あ、いえ、オグルマ草ではないのですが、少々様子が違う物を見つけて」

アルヴィンに返答しつつ、ローザは念のため本を開いてみる。

すると、様々な花の版画と共に説明書きがなされていた。だがそれは生育法というよりは、花にまつわる物語と、象徴となる言葉が主に書かれたものだ。

「花言葉の本でしょうか」

エルギスの人々は、昔から花に様々な願いと象徴を託してきた。

数十年前に、伝えきれない想いを花に託す花言葉が本として編纂され刊行された結果、上流階級出身の女性達を中心に浸透していったのだ。今では花売りの娘も売るための文句として、花言葉を利用するほどだった。

ローザも植物が好きだった母によって、様々な花言葉を教えられていた。

つい懐かしくなりぱらぱらとめくったが、はっと自分の役割を思い出して本を戻す。

ブリックス氏の読書の趣味は多彩だったらしい。そんなことを考えながら、ローザがまた別の本を見ようとした時、アルヴィンの声が上がった。

「僕はやっぱり運が良いね。これだよ」

ぱっと振り向くと、アルヴィンの手には一冊の本が握られていた。

ローザもまた彼に近づいて見てみる。赤みがかった革張りの装丁をしているその本の背表紙には「オグルマと靴下留めの考察」と書かれている。

「重さも一見した形も、普通の本に見えるけど……」

言いつつ、アルヴィンが表紙をめくると、中は紙ではなく空洞となっていた。

その時、書斎の入り口からティーセットを持ったメイドと共にエミリーが現れる。

「お待たせいたしました。お茶の仕度が出来ましたので、どうぞ……」

「鍵は見つかったよ。試してみてくれないかな」

アルヴィンが本の空洞の中からつまみ出した鍵を、エミリーは呆然と見つめていた。


書斎にあるテーブルと長いすに集まり、エミリーはアルヴィンから受け取った鍵を手に、レプラコーンの宝箱と向かい合う。

鍵の持ち手には、レプラコーンのしわくちゃ顔の老人が彫られていた。

見つけ出した鍵は宝箱の鍵穴とぴったりとはまり、回せばかちりと軽い音がする。

エミリーがふたを開くと、ビロード張りの中が露わになる。底に敷かれた色あせたクッションの上にあるのは、花のブローチだった。

葉のついた茎の先には、六弁の花弁が目立つ大輪の白い花が咲いており、中央の花芯は宝石が使われているようで、きらきらと輝いている。

意匠化はされていたが、ローザには花に見覚えがあった。

「これは、クチナシですね？」

「そのようだ。見たところ花は白蝶貝で葉の部分はエナメル製だ。花芯に使われているのは黄色の貴石……宝石かもしれないね。でも、おや……？」

ローザと同じように宝箱の中を覗き込んでいたアルヴィンが、なにやら不思議そうに小首をかしげる。

だが、もっとよく見ようと身を乗り出したところで、ぱたりとふたが閉じられた。

ふたを閉じたエミリーは、深く息を吐くと、硬質な声で呟いた。

「あの方、本当に、愛人がいたのね。こんな可愛らしいブローチを大事にしまっておくなんて。ふふ……」

「奥様……？」

不安になったローザが呼ぶと、エミリーは乾いた笑みを納めて続けた。

「亡くなる半年前から、夫は仕事ではない外出が増えていたのです。コレクション探しかと思っていたけれど、いつもと様子が違っていました。最期の時も、本当に愛しい人とわたくしを、見間違えたのでしょうね。ええ、わかっていたことです。今日で結婚して二十五年になるのだけど、それだけ時を重ねても、わかり合えない時はわかり合えないのね」

抑え込まれていたが、深い絶望と諦めに染まった声音に圧倒され、ローザはなにも言えず見つめるしかない。

エミリーはあの硬質な表情のまますっと立ち上がる。

「ホワイトさん、このたびはありがとうございました。迅速に解決をしてくださった謝礼の他に、もう一つ相談なのですが、この宝石箱も引き取っていただけないかしら」

ローザが愕然と彼女を見ても、表情は動かない。

さすがにアルヴィンも驚いたらしく、二、三度瞬きをする。

「それは構わないけど、良いのかな」

「ええ、手元に置いておきたくありませんの。そのブローチごと持っていってください」

「では、レプラコーンの宝箱は報酬として引き取ろうか。ローザ、トランクの梱包材を出してくれるかい」

「は、はい……ですが……」

アルヴィンに願われたローザだったが、エミリーと宝箱を交互に見つめる。

ローザの動揺と戸惑いに対し、エミリーは少しだけ苦さを再び表に出す。

「良いのよ。わたくしは、マーカスにお金で買われたんですもの。不器用で、堅物な方で、今まで歩み寄れなかったわたくしを、妻として尊重してくれたことに納得すべきね。――ただ、申し訳ないけれど、今日は帰っていただいてもよろしいかしら」

エミリーの柔らかくも明確な拒絶の言葉に、ローザはなにも言えなかった。

間違いがあってはいけないため、念のためにその場で梱包する。

エミリーは別室で休むと出ていってしまった。

手袋をはめたアルヴィンが宝箱のふたを開けてブローチを取り出し、中を改め直した。

「おや、これは付属のクッションかと思ったけど、違うようだね」

アルヴィンが取り出した小さなクッションのようなものを、ローザも手袋をはめた手で受け取る。

確かに持ってみると、中身は普通入っているはずの綿ではなく、かさかさとした感触だった。ふ、と何かが香った気がして、首をかしげる。

縫い目が緩んでいたらしく、ぽろぽろと中身がこぼれてローザの膝に落ちた。

色あせてはいたが、小さな花のつぼみにローザは見覚えがあった。ラベンダーだ。

「中に入っているのはラベンダーのドライフラワーみたいです。もう香りは残っていませんが、これは、ポプリを入れたサシェではないでしょうか」

「おや、本当だ。サシェというのは香りを楽しむものだと思っていたけど、宝石箱に入れておくとは不思議だね」

アルヴィンもローザの手元を見て同意してくれる。

だが、ローザの心は不安と動揺に満たされていた。どきどきと痛いほど心臓が鼓動を打っている。

このサシェは丁寧に保管されていたが、糸が緩むほど古いものだ。そして、ローザはつい先ほど、エミリーから聞いたのだ。

一度だけラベンダーのサシェをプレゼントしたことがあると。

これは彼女が渡したサシェではないだろうか。

真偽はエミリーに聞いてみなければわからない。だが、もしかしたら、エミリーは誤解をしていたのではないか。

サシェを手に載せたまま、ローザが沈黙すると、じっとブローチを眺めていたアルヴィンが、あ、と何かを思い出したように声を出した。

「これ、僕の店で取り扱ったブローチだよ。そうか、ブリックス氏だったのか」

「ご存じだったのですか？」

ローザが驚愕して問いかけると、言葉をどうとったのかアルヴィンが指先で自分の頭をとんとんと叩く。

「四ヵ月前かな。店に訪ねてきて『クチナシの装飾品はないか』と言われたんだ。花を指定されるのは珍しくなかったけれど、男性で、秋までにという希望が印象的だったね。たまたま在庫にあったから、そのまま販売した。小切手を使わずに即金だったから名前も知らないままだったが、名前がわからないように現金で支払った可能性があるね。暖炉に飾ってあったのは若い頃の写真だったから、紐付けるのに時間がかかった」

四ヵ月の販売記録を空で語るアルヴィンの記憶力にも驚いたが、なにより眉を寄せて続けられた話に息を呑む。

「その時に『妻への贈り物だ』と語っていたけど、渡していなかったんだね」

「アルヴィンさん、それって……！」

ローザが衝動的に立ち上がると、丁寧にブローチを布袋に納めようとしていたアルヴィンは、不思議そうに見上げてくる。

「ローザ、瞳が揺れて動揺しているけれど、どうかしたかな。それとも疲れただろうか。今日はよく働いたし、早めに帰ろう。触れても良ければ、撫でて労いたいくらいだ」

「えっと、それはご遠慮いたします」

「おや残念」とあっさりと引き下がったアルヴィンは、梱包した宝石箱とブローチをトランクに詰めると立ち上がった。

「では、エミリーさんに帰宅を告げに行こう」

「帰るん、ですか？」

ローザが動揺のまま声を上げると、アルヴィンは小首をかしげた。

「エミリーさんは帰ってくれと言っていただろう？　あの言葉は本気だったよ」

「確かに、そうですが……そのクチナシのブローチは、旦那様が奥様のために買った品なのですよね。わざわざ、花を指定してまで。旦那様がサシェを大事に宝箱にしまい込んでいらっしゃったのも意味があるかもしれません。ですが、奥様は知らないのです。お返しした方が良いのではないでしょうか」

しかも、選ばれた花はクチナシだ。ローザはこの花の花言葉を知っている。

もしかしたら、ブリックス氏がブローチを買った理由は、エミリーが思っていたような、悲しい理由ではないかもしれないのだ。

「だが、エミリーさんは宝箱も見たくない、と言っただろう？」

アルヴィンの言葉に、逸っていたローザの心は待ったをかけられた。

言葉の意図がうまく伝わっていないのだろうか。戸惑い、もう一度説明をしようとするが、その前にアルヴィンが申し訳なさそうに眉尻を下げた。

「すまないね、僕は君が思っていたように受け止められていないと思う。ただ、僕が見る限り、エミリーさんはとても悲しんで、衝撃を受けていた。なら、神経の昂ぶりが落ち着くまで、そっとしておくのが良いと考えるよ」

アルヴィンの考えを聞いたローザは、冷や水を浴びせられたように思考が冷える。

そうだ。エミリーは夫を亡くして、悲しみ絶望している。

客人に失礼な態度をとらないよう気丈に振る舞っていたのだろうが、本当ならその場で崩れ落ちたかったはずだ。

彼女の心を真に癒やせるのは、ブリックス氏だけだ。けれどもう、彼はいない。

確証のない話で、彼女を惑わせるだけなのかもしれない。

ローザの気持ちはみるみるしぼんでいく。

そもそも今日知り合った娘が、何を語ろうと言うのだろう。余計なことを言えばそれこそ、無礼だと怒られるかもしれないし、機嫌を損ねてしまうかもしれない。

庭のことを穏やかに話してくれた彼女の、怒る顔も泣く顔も見たくない。

なにも語らなければ、このままちょっぴり悲しくとも穏やかな記憶だけを持って別れられるのだ。

うつむき、固く手を握りしめる。

トランクを持ったアルヴィンに、ひょいと覗き込まれた。

彼の美しい銀灰の瞳がローザの青の瞳と合う。

「ただ、君の瞳が曇っているのも嫌だな。落ち着きがないみたいだけど、今君が考えていることが原因だろうか。どうしたら良くなるかな」

アルヴィンとは、どこかかみ合わないけれど、こうしてローザの異変にはすぐ気付いてくれる。なぜなのだろう。小さな灯が、ローザの胸に灯(とも)った気がした。

「アルヴィン、さん」

「なにかな」

「もしかしたら勘違い、かもしれなくて。勘違いではなくても、奥様を怒らせて、もっと悲しませてしまうかもしれないのです。……それでも、奥様に伝えたいことがあると言ったら、許してくださいますか」

ぱちぱちと目を瞬(まばた)くアルヴィンに、ローザは急いで続ける。

「そのせいで、宝箱を返すことになったとしても、言って、良いでしょうか」

「君はなぜその言葉を、エミリーさんに伝えたいと考えたのかな」

アルヴィンの問いに、ローザは震える手を握り合わせ、彼を見返した。

「それが奥様に必要だと、思ったからです。宝箱とブローチは、あの方にとって旦那様の本当の気持ちがわかる品です。わたしには、母の気持ちを知る手がかりはないけれど、あの方はまだ間に合います」

『あなたの目は――……』

死の間際、母ソフィアが言い残した言葉が蘇る。ローザとは違う、榛色の瞳からこぼれる涙が頬を伝う悲痛な姿は、脳裏に焼き付いている。

ローザの何が、母を悲しませたのか、もう聞けない。推し量ることしかできない。美しく優しい思い出のなかに混ざる、黒い澱を払えない苦しみはずっとそのままだ。

だがエミリーはここに手がかりがある。彼女の悲しみはまだ払える可能性があるのだ。

言葉を切ったローザは、吸った息を吐き出して、心を決める。

「怒られても、嘆かれても、……怖くても、伝えたいのです」

視線は怖い。怯える気持ちもまだ胸にある。今も足が震えそうだ。

けれど、ここでこのまま帰れば、ローザはきっともっと後悔するだろう。

とはいえこれは、雇い主であるアルヴィンにも迷惑をかけるかもしれない行為だ。

ローザが彼を窺うと、銀灰の瞳が嵌まった美しい顔がゆっくりと笑みに染まる。

いつもの微笑みとは違う、喜びに自然と綻んだような、無邪気なものだった。

「わかった。ただ、どんなことを語るのか、僕に教えてくれるかな。もしかしたら君の懸念を払えるかもしれないよ」

彼の表情にも、言葉にも不安はない。むしろ上機嫌、と称してもよい反応に、ローザは戸惑った。

けれど、良いのか。

ローザは彼の朗らかさに背を押されるようにして、懸命に気付いたことを語り出した。

＊

エミリー・ブリックスは、自室の椅子に深く沈み込みながら、一筋も涙が流れない己を自嘲した。身にまとう喪服の黒が重く、煩わしく感じる。

「わかっていた、ことじゃない」

本来なら、今日が結婚二十五周年の日だった。覚えている必要はないのに、この時期になるとどうしても思い出してしまう。

なにかを特にした覚えがあるわけではない。

己の夫であるマーカスに、なにかをするかと聞かれても、「特に必要ありません」と語ることが習い性になってしまっていた。

あまり、会話の多くない夫婦だったと思う。激烈な愛はなかったが、それでもエミリーは穏やかな愛情を感じていたし、数十年連れ添いマーカスも憎からず感じてくれていると思っていた。勘違いだったようだが、仕方がない。

なぜなら、そのような契約でエミリーはマーカスの妻になったのだから。

領地経営がうまくいかない中、父が手を出した投機まで失敗し、当時の男爵家は貴族の体面を保つことすら危ういほど困窮していた。

年頃だったエミリーが、結婚するための持参金さえ用意できないほどだったのだ。

そこで父が見つけてきたのが、マーカス・ブリックス。まだ駆け出しの銀行家だった今の夫だった。

マーカスは紳士階級（ジェントリ）……爵位こそ持たないが、社交界へ仲間入りを果たせる身分へと入ろうとしていた。貴族へのつながりを欲していた彼に、父は持参金は必要ないという条件を取り付けてきたのだ。

女性は実家からの援助、持参金を持たされるのが当たり前だ。

実家から自分の財産が得られないということは、金銭面で完全に夫へ依存するということ。つまり、実家から見捨てられたも同然だった。

今後、夫にどんな要求をされても、エミリーはブリックス家で生きていくしかない。

このような不良物件を押しつけられたマーカスは、常に厳めしく表情を引き締めている、口数の少ない男だった。

『君には、不本意な結婚だったろう。元貴族の妻として相応しい振る舞いを果たすのなら、どんなことをしようと干渉はしない』

淡々と告げられた言葉に、エミリーは自分がほんの少し期待していたのだと気付いた。

ここから少しずつ歩み寄れば、愛情を育めるのではないかと。

だが、マーカスはエミリーに「貴族の娘」としてしか求めていないのだ。

かっとなった当時のエミリーは、意地張りな性分も相まってこう返した。

『もちろん、あなたの妻となったからには、義務は果たしましょう。むしろ、まだ歴史も浅いジェントリが、わたくしに恥をかかせないでくださいね』

結婚後は、夫の身分に依存する。元男爵令嬢という、あまりにも不確かな立場でも、当時のエミリーはすがるしかなかった。

だが腹の虫は収まらず、怒られてもかまわないと、庭の手入れを自ら始めた。

使用人に任せるべき仕事を、自分でする。もちろん日焼けや手荒れなどには気をつけていたが、マーカスは全くとがめなかった。

彼はもしかしたら、エミリーが浮気をしようととがめなかったかもしれない。

もちろん醜聞につながることは、彼が求めた「貴族出身の妻」として相応しくないから、するつもりはなかったが。

同時に、少しだけ嬉しかったのも確かなのだ。

実家では、どんなに困窮しようと貴族として相応しくない振る舞いをすれば眉をひそめられた。エミリーが家計を助けるために家庭教師になろうとした時など、厳しく叱られ閉じ込められたのだ。令嬢として許されている数少ない職業にも拘わらず、それですら家族は「卑しいこと」として忌避した。

貴族は優美に、気高く、施す側でいなければならない。そんな象徴としてエミリーを欲していたはずのマーカスは、寛容でいてくれた。

初めて息の仕方を思い出した気がした。

マーカスの屋敷は、エミリーにとって、実家よりずっと居心地がよかった。彼がどう考えていたにしろ、感謝をしている。子供も健やかに育ち、穏やかに過ごせた。

マーカスもまた、夫としての義務をしっかりと果たしたのだ。

ならば、本当に愛しい人がいたとしても、エミリーがとがめることはできない。

きちんと理解しているのに、この虚脱感は何なのだろう。

体をソファに深く沈み込ませて、虚空を眺めていると、メイドのライラが青薔薇骨董店の二人の辞去を知らせに来た。

先ほどは礼を欠いてしまったが、屋敷の主人として帰りの見送りはすべきだ。

エミリーは取り繕い、心を押し殺して書斎に向かう。

すると、窓辺に置かれた一人掛けのソファとテーブルの傍らに、銀髪灰眼の妖精のように美しい青年と、青いドレスを身にまとった少女が居た。

微笑みを絶やさない店主のアルヴィンは、まるで感情を読めない。上流階級(アッパークラス)の婉曲(えんきょく)な感情表現に親しみ、察することに長(た)けているはずのエミリーでもだ。

しかし、その知識は本物だった。

助手だという娘ローザは、黒い髪を丁寧に結い上げた印象通り、控えめだった。主張は苦手なようだが、言葉遣いは美しく、所作はこちらが驚くほど品が良(い)い。

爵位ある家の令嬢かと考えたが、自ら働いているのだからどこかの中流階級(ミドルクラス)の娘だろう。

夫が死んでから心は凍ったように動かなかったが、彼女に庭を褒められた時には自然と嬉しさがこみ上げてきた。

なぜか落ち着く、不思議な娘だ。

だが今エミリーの前にいる彼女は、うつむき遠慮がちだった先ほどとは打って変わり、こちらを見返している。

青い瞳が、薔薇(ばら)のように華やかだと感じたエミリーだったが、テーブルにまだレプラコーンの宝箱が置かれているのに気付き、眉をひそめた。

「お帰りになると聞きましたのに、まだ仕度が調っていないようですね」

声が険しくなるのは致し方ない。この声と態度が冷たく見えると子供達からは言われていた。だが、もう長年染みついてしまっているのだ、変えようがない。

気の弱い……それこそローザのような娘なら、怯んでしまうだろう。

しかし、鮮やかな青い瞳は、エミリーに向けられたままだった。

「奥様、ブローチと宝箱を持ち帰る前に、お伝えしたいことがございます」

ローザは、緊張しながらも手に持っていたものをエミリーに差し出す。

微かな苛立ちを押し殺したエミリーは、その古びたサシェに息を呑んだ。

「どうして、これが……」

布地は少々色あせていたが、遥か昔の記憶が鮮やかに蘇る。使われずに捨て去られたとばかり思っていた、手作りのサシェだった。

「やはり、奥様が作られたサシェですね。レプラコーンの宝箱の中にしまわれていました。今の今まで、ずっとです。ここまで状態が良く残っているのは、とても大切に保管されていた証しです」

エミリーがはっと顔を上げると、ローザの表情が安堵に緩んでいる。

今度は銀の店主が、微笑みを浮かべたまま語った。

「先ほどまで思い至らなかったけれど、宝箱に入っていたクチナシのブローチは、実は僕の店でブリックス氏に売ったものだったんだ。そのとき花はクチナシと指定されて『妻への贈り物に』と言われたよ」

期待してしまいそうになる気持ちが膨れ上がりかけるのを、エミリーはぐっと抑えた。

「それ、は。驚きましたけれど、ごまかすための方便でしょう。わたくしとマーカスは、ものを贈り合う仲ではありませんもの。クチナシだってたまたま……」

「奥様！」

ローザに強く呼ばれて、エミリーは彼女に意識を引きつけられる。

あれほど慎ましやかだったにもかかわらず、今は魅せられずにはいられない華やかさをまとってそこにいた。

「奥様は、花言葉をご存じですね」

「え、ええ……。それは、まあ」

「旦那様も、ご存じでした。この本が書斎の本棚に隠されるようにあったのです。奥様のものではございませんね？」

テーブルに置かれていた本を手渡されて、エミリーは半ば反射的に受け取ってしまう。

なぜかタイトルが見えないように装丁し直されていたが、表紙をめくれば花言葉の本だとわかった。もちろん、エミリーの本ではない。唯一しおりが挟まっているページは、クチナシの項目だった。

どういう意味か、わからない。ただただ、今まで思い込んでいたことがぐらぐらと崩れていくような恐れに支配される。

「旦那様は、きちんとクチナシの花言葉を調べて、このブローチを購入されたのです」

エミリーの脳裏に淑女のたしなみとして学んだ、花言葉が浮かぶ。

だがあり得ない。庭を見るのも、屋敷に帰宅するごく一瞬だけ。ではエミリーが子を産んだ時、彼の口元が綻んだのは？　いや彼の前で子供にサシェを贈っても、なにも言わなかった。しかし宝箱をエミリーに渡したとき、マーカスは、なにか話そうと……

もはや取り繕う余裕もなくして、エミリーは言葉を荒らげた。

「だからなんだというの⁉　夫はわたくしに興味がなかったのよ！」

案の定、ローザは今にも泣きそうに青の瞳を潤ませる。

唇をわななかせてうつむきかけるが、彼女の肩にアルヴィンの手が置かれた。

「ブリックス氏が、あなたに興味がなかったというのは、少し違うと思うよ。彼は日中はこのソファに好んで座っていたのだから。あなたも座ってみればわかる」

アルヴィンが一人掛けのソファを指し示す。話が飛んだように感じたエミリーは不快を露わにした。

「もう、あなた達はッ……」

「ほら座って。そして窓を見て」

だがしかし、アルヴィンに手を取られて強引にソファへ座らされてしまう。

苛立ちをぶつけ損ね、仕方なく窓の外に視線をむけて——息を呑む。

書斎に足を踏み入れることなど数えるほどしかなかったし、訪れる時は、遮光のためか必ず、カーテンが引かれていた。マーカスが亡くなってからも、慣習でずっとカーテンは閉めていたのだ。

今、窓の外に広がっているのは、美しい花々だった。エミリーが庭の手入れをする際に利用する納屋まで見える。二十五年も屋敷に住んでいたというのに、この書斎の位置からこれほど庭を一望できるとは知らなかった。

「ほら、あなたの丹精した庭がよく見えるだろう。あなたが来る前にメイドに聞いたけど、あなたが作業している間は、休憩のたびに作業を眺めていたらしい。本当に興味がなかったとしたら、一般的に考えて、そんなことはしないはずだ」

エミリーがはっと振り返ると、ライラが案じるように見つめていた。

喘(あえ)ぐように呼吸をし、落ち着こうとするエミリーの耳に、涙が混じった娘の声が響く。

「クチナシの花言葉は、〝洗練〟〝優美〟〝喜びを運ぶ〟。最近では……」

振り向くと、目元をこすって顔を上げたローザと目が合った。

ただ純粋にこちらを見つめる青い瞳に魅入られた。

「〝私は幸せです〟と。旦那様は、寡黙で、不器用な方だとお聞きしました。だから、うまく伝えられない代わりに、ブローチへ、託したのではないでしょうか」

──知っていた。マーカスが、仕事では雄弁なくせに、本心を語るのをとても苦手にしていたと。代わりに、子供達には態度や配慮で愛情を示していた。

面と向かって話しにくいことは、結局黙り込むしかなくて。

寡黙で、不器用で、意地っ張りで、とても、エミリーに似ていた人。

「旦那様の本心は聞けなくとも、あなたを想われていたと、信じて良いと思いますっ」

まっすぐなローザの言葉が、エミリーのかたくなだった心に飛び込んでくる。

そう、知っていたのだ。

庭の前を通るたびに、マーカスの表情は緩んでいた。

子供にサシェを渡している時、ほんの少しだけ羨ましそうにしていた。

はっきりとした言葉がなくとも、彼はエミリーを愛してくれていた。

結婚二十五周年には間に合わなくなっていたのかもしれない。贈ろうと決めたときには宝飾品を特注すると、踏ん切りが付かず、悩み抜いたのだろう。決まり悪くて、周囲にばれないように、いつも利用しない骨董店を頼った。手に取るようにわかるのだ。

エミリーは、テーブルに置かれたクチナシのブローチと、次いでレプラコーンの宝箱をなぞる。死の間際、彼の唇がどう動いたのか、今ならはっきり思い出せた。

〝愛している〟。

レプラコーンの宝箱は、正しく、エミリーに託されたものだった。

マーカスは本当に最後の最後で、自ら伝えることを選んだのだ。

「本当に、意地っ張りな……っ」

――それは、自分も同じだ。最初の意地を捨てきれず、素直になれずにいた。

ぽたりと、喪服のスカートに涙の雫が落ちる。

葬式の時ですら流せなかった涙が、後から後から落ちてゆく。

貴族の娘としても、かたくなな夫人としての仮面も脱ぎ捨てて、エミリーはようやく、最愛の夫を失ったことを悲しめた。

＊

ブリックス家の屋敷での一件から数日後。ローザがいつも通り勝手口から出勤すると、食堂からアルヴィンの声が聞こえた。

「……と、言うわけで、エミリー・ブリックスさんの依頼は完遂したよ。まあ、宝箱とブローチは引き取れなかったけど、お礼は貰った」

室内を覗いてみると朝食中で、シャツにウエストコート姿のアルヴィンが、同じくシャツにウエストコート姿のセオドアに説明をしていた。

アルヴィンはローザが来たことに気付くと、「おはよう」と朗らかに挨拶する。

「紅茶を出そう、座って待っていて」

「ありがとうございます」

アルヴィンはローザが自分ですると言っても、紅茶だけは彼が準備してくれるため、ここは甘えていた。

ローザが隅の椅子に座ると、セオドアと目が合った。おずおずと挨拶する。

「おはようございます」

「ああ、おはよう。それにしてもブリックス夫人は、ようやく悲しめたのだな」

「はい。レプラコーンとブローチは、ブリックス夫人が手元に置かれるとおっしゃいました。わたしもそれが良いと思います」

ローザは温かい気持ちを覚えながら、別れ際のエミリーを思い返す。

泣き止（なきや）んだエミリーは、謝罪をしながらも宝箱とブローチを手元に残したいと語った。

もちろん否やはなかったため、二つはそのまま置いてきたのだ。

アルヴィンは断っていたが、謝礼に加えて庭の生花を抱えるほどもたせてくれた。

現在、青薔薇（ブルーローズ）内には、至るところに夏から秋にかけて咲く花々が飾られている。

先ほど廊下で出会ったクレアは、うきうきと足取りも軽く、花を生けた花瓶を階上へ運んでいるところだった。

このテーブルにも、カトレアが飾られている。食堂は元々様々なアンティークで彩られているが、生花があるとなんだか空間がより鮮やかな気がした。

アルヴィンから貰ったお茶に口をつけて、ローザが人心地つくと、セオドアが安堵に染まっている。

「お前にそういった解決法ができるとは思わなかった。花を持ち帰るのもな」

セオドアが、飾られているカトレアを見つめる眼差しは柔らかい。

だがアルヴィンが肩をすくめてのんびりと語った。

「今回はすべてローザがしてくれたんだ。僕がしたことは、彼女の考えを補強するために、メイドに話を聞いたことくらいだ。花を貰ったのもローザであって僕ではないし」

「そうだったか……。ともあれ、助かったよ」

ローザは、セオドアが落胆するのを不思議に思う。

同時にそういえば、今までの青薔薇には、生花のたぐいは一切なかったと思い至る。

植物と妖精を扱っているのであれば、妖精が憩う花が置かれておかしくないのに。

わずかに疑問に感じたローザだったが、アルヴィンはいつも通りの微笑のままだ。

「構わないよ。僕も妖精に親しむ人に出会えて気分が良かったから」

「まあ、いい。貸しにしといてくれ。……それと、一年前からアンティークコレクターを狙う強盗が多発している。すでに死亡者も出ている。戸締まりには注意してくれ」

「君は心配性だなあ」

「心配もする。お前は危なっかしい」

朗らかに応じるアルヴィンに、セオドアはため息をついたのだった。

バックヤードで着替えを終え、洗面所で髪を整え廊下に出る。するとスーツを身につけたセオドアと鉢合わせた。

大柄な彼に一瞬びくついたローザだったが、軽く膝を曲げて見せる。

「グリフィス様は、ご出勤ですか」

「君は俺の使用人ではないんだ。そうかしこまった挨拶をしなくていい。ただ、君とは少し話しておいた方がいいと思ってな」

「話、ですか」

ローザが瞬くと、セオドアは紳士的に距離をとりつつ、生真面目な面持ちになる。

「まずはアルヴィンの補助をしてくれて感謝する。ブリックス夫人からも、丁寧な礼の手紙が届いた。間違いなく君の功績だ」

「いえ……お節介で、余計な口出しだったと考えています。わたしが居なくとも、アルヴィンさんは、ブリックス夫人の憂いを晴らせたと思いますから」

そう、本来は宝箱の鍵を見つけ出したところで、仕事は終わりだったのだ。にもかかわらず、アルヴィンはローザの勝手を許してくれただけでなく、協力すらしてくれた。

ただ結局はエミリーに余計な悲しみを背負って欲しくなかった……そして自分のようになって欲しくなかった自己満足である。

「だって、アルヴィンさんは、すぐ人の思っていることに気付かれますから」

魔法のような手際を思い出してローザが語ると、セオドアは複雑そうに首を横に振る。

「いいや、アルヴィンには君のように、ブリックス夫人の心に気付いて寄り添うことはできなかった」

そこまで言い切られて、ローザは面食らった。

「基本的にアルヴィンは人に対して興味を持たない。そのやつがどうして君を拾ったのかはわからない。だが、あの男は人の思考を見抜いても、心を見通すことはできない。あいつは人の心を失っているんだ」

大真面目に語るセオドアには、こちらをからかおうとする意図など微塵(みじん)も感じられなかった。そもそも、彼は冗談のたぐいも苦手としている人間のはずだ。

ローザがセオドアの迫力に気圧(けお)され、一歩後ずさると彼は一歩詰めてきた。そして、大きな重い手が肩に置かれる。

「だから、これからもあいつと付き合っていくのであれば、過度な期待はするな。想いを返してくれると思わない方が良(い)い。あいつは普通ならば考えられないほど、残酷に、非情になれる。まるで妖精のように気紛れだ」

　肩の重みが、彼の本気を表しているようで、ローザは息を呑む。

　呆然と見上げていると、真顔のセオドアの硬質で端正な顔が迫った。

「嫌みな男と思うだろう。忌避するのであれば、早めに別の職場を探しなさい。なんなら俺が探そう。君ならもっときちんとした場所に勤められるはずだ」

　セオドアが語る言葉は、ローザには半分もわからなかった。

　だがと、ごくりと唾を飲み込んだローザは、小さく問いかけた。

「どうして、わたしを気遣ってくださるのでしょうか」

　少しの間の後、肩に手を置き、覗き込むセオドアが硬い声音で言う。

「……俺は、今君にすごんでいる構図、だと思うのだが」

　確かにそうなのだろう。ローザも少し怖い。

　視線は合わせられないながらも、ローザはおずおずと言った。

「ですが……初めてお会いした時のように、声に怒りがありませんし……わたしを嫌われての言葉でしたら、もっと嫌悪が滲みます。なので、アルヴィンさんから遠ざけるために、あえて自分が悪者になろうとしているように感じられました」

　合っているかどうか不安で、小さな声になる。だがローザが窺うと、セオドアの顔が気まずげに赤らんだ。

「これでは警察失格だな。お嬢さんに見破られるとは」

肩の重みから解放されて、ローザはほっと息をつく。まっすぐ背筋を伸ばしたセオドアは、気まずそうながらも続けた。

「だが、今言ったことは本当だ。アルヴィンと付き合うのはこちらの精神が削れることがあるだろう。苦しい、と思えばすぐに逃げて欲しい。……だが、な」

言うか言うまいか迷った末、とでもいう様子で言葉を途切れさせたセオドアは、結局苦さを滲ませながらも、告げた。

「君のような人が寄り添ってくれることで、アルヴィンが変わることも願っている」

「失礼」とローザと別れたセオドアは、壁に掛かっていた帽子を一つ取ってかぶると、玄関から出ていった。

その姿を見送った後、ローザがバックヤードから店舗部に入ると、商品の点検をしていたアルヴィンが振り返った。

「ローザ、開店するよ……どうしたかな。少し顔色が悪いようだけど」

不思議そうに覗き込んでくるアルヴィンは、いつも通り朗らかだ。この建物は壁が厚く音が通らないから、会話は聞こえなかったのだろう。

「なんでもありません」

エセルがすり寄ってくるのを構いつつも、ローザの胸には、セオドアの言葉が揺蕩っていたのだった。

＊

夜半、帰宅したセオドアは、扉を開けたとたん、足に何かが絡まるのを感じた。寸前で転びかけるのを押しとどめる。「なあん」と足下で声を上げるのは、青薔薇骨董店に住み着いている猫、エセルだ。

この猫は、どうにもセオドアを遊び相手、あるいはおもちゃと思っている節がある。こうして驚かされるのは日常茶飯事だった。

「エセル、俺で遊ぶのはやめてくれ、いや、おい、なんだ」

一気に緊張が解けたセオドアの前で、エセルはまるで導くように階段を上がっていく。薄らと見える灰色の毛並みを追って明かりもない階段を慎重に上がると、二階で銀髪の青年が待っていた。エセルはアルヴィンが待っていると教えに来たようだ。妙に人間くさい振る舞いをする猫である。

セオドアは隅に座るエセルを目で追ったあと、アルヴィンを改めてじっと見つめた。彼が手に持っていたランプの光がまぶしかったが、現実味のない青年が確かにいるのか、じっくり見て確かめたかった。

「お帰り、セオドア。何か言いたそうな顔をしているね」

「その通りだ。お前が顔を出してくれてちょうど良かった」

体の芯は疲れていたが、セオドアはアルヴィンを見据えた。

「アルヴィン、エブリンさんを雇ってどうするつもりだ？」

「なんだか、みなに同じようなことを聞かれているね」

微笑(ほほえ)みを崩さず、少しだけ困った色を滲ませるアルヴィンに、セオドアは焦(じ)れた。

「はぐらかすな。昔からお前が興味を持つのは、妖精だけだった。パブリックスクールでどんな誹謗(ひぼう)中傷をされようと、怯(おび)えることも報復することもなく不気味なほど周囲に無関心だっただろう」

「パブリックスクール？　また古い記憶を持ち出すね。君のファグにされて言いつける仕事をしていた記憶しかないけど」

「俺がお前の面倒を見ていたようなものだがな……」

本気で不思議そうにするアルヴィンに、セオドアは安堵とともに苦さがこみ上げた。

パブリックスクールは、未来の紳士を育成する寄宿制の学び舎(まなや)だが、同時に訳ありの子供を閉じ込める場ともなり得る。外部からの刺激の乏しい中で、どこからともなく生徒の弱みとなり得る噂(うわさ)は広まり、憂さ晴らしの標的となるのだ。

アルヴィンは、その美しい容姿と出自双方で目立った。見かねたセオドアが監督生の権限で庇護下においても、すべてはなくならなかったほど。とはいえアルヴィンに誹謗中傷、果ては暴行を目論んだ彼らは、のちに報いを受けることになった。不気味なほど幸いに。

セオドアの「面倒を見た」という単語で、アルヴィンは思い至ったらしい。

「ああ、僕が言われたのに、君のほうが怒っていたことか。たしか、『高貴な血を穢す汚物』『幸運で紳士になれた偽物』『愛人の子』『恥知らず』あと他には……」

「もういい。お前が一切頓着していないことがわかれば充分だ」

セオドアは以前アルヴィンが語った話を、すべては信じていない。だがこの青年が、驚くほど周囲に対し無頓着なのは実感していた。

自ら動くのは、妖精に関することだけ。だからこそ、セオドアは「青薔薇が店の一員になった」と聞いたとき、人間のましてや少女だとは微塵も思わなかったのだ。

「君が勘当されて家に困っていた時も、僕はここに誘ったけれど」

「……ぐ、それは助かったが、俺は曲がりなりにもお前と縁がある。モーリス夫人も似たようなものなのだろう？　だが、エブリンさんは初対面で引き入れたらしいじゃないか」

アルヴィンが暗がりで戸惑う気配を感じながら、セオドアは続ける。

「たまたま目に付いたか、都合が良かったかはわからん。しかし彼女はお前と違って悲しんで怖がって、気味悪がって傷つく、普通のお嬢さんなんだ。ただの気紛れだったとしても、関わった責任は最後まで取らねばならないぞ」

セオドアの一番の懸念はそこだった。ローザは感受性が強いように思われた。アルヴィンの本性を目の当たりにした時に、とても耐えられるとは思えない。

アルヴィンに気を付けさせるためには、誰かが言ってやらねばならない。

念押ししたセオドアだったが、あまり期待はしていなかった。いつだって、この男の心を揺さぶれた気がしない。

「出会ったとき、彼女の瞳がね、とても綺麗(きれい)だったんだ」

だからランプの暗がりで、茫洋(ぼうよう)とした銀灰の瞳が揺らいだことに、驚いた。

「この呪われた幸運を、ほんの少しだけ頼りにしたくらいには、もう一度見れたらいいと思った。もう一度見たら、壊れかけの僕でも、なにかがわかりそうな気がするんだ」

気味悪いほどの微笑のまま、けれど声に何かが籠もっているように思えて、セオドアは息を呑む。

瞬(まばた)きの間にそれは消え、いつものアルヴィンに戻っていた。

「そうだ、僕も用があるんだよ。君が日中に話していた強盗について、聞きたいことがあったんだ」

「珍しくお前が待っていたと思えば……一体なんだ」

「その強盗、ブルックフィールドにある家も被害に遭っていないかな。二カ月半ほど前、扉が緑のテラスハウスだ。番地まで言うかい？」

「……そうだとしたらどうするんだ」

　確かに、類似する家も被害に遭っていたが、捜査上の機密をうかつには言えない。

　ただ、この男の恐ろしいほどの観察眼と記憶力は無視できないと、セオドアは経験上嫌になるほど知っていた。

　案の定、アルヴィンは朗らかに言った。

「被害に遭った日に、そこの使用人を装った男が、労働者階級（ワーキングクラス）の少年を殴って逃走していたよ。その時に言った言葉が『お前も盗みに来たんだろ。卑しい労働者階級のガキが、近づく場所じゃない』だ、そうだ」

「……なに」

「言い回しが奇妙だよね。わざわざ『お前も』とつけるなんて、まるで自分も盗みに入っていたみたいだ。手がかりの一つになるのではないかと思ってね」

　手がかりどころか、大手柄だ。セオドアは喉から手が出るほど欲しかった物を差し出されて、低く唸（うな）る。こういうところが悔しいが頼りになる。

「……ブリックス夫人が消沈して頑（かたく）なになった理由は、ブリックス氏が襲われた直後に雇ったばかりの若いメイドが失踪したこともあった。しかもそのメイドが提出していた人物証明証が偽造だった」

　セオドアが職務に反しない範囲でこぼすと、アルヴィンは案の定それだけで悟ったらしく目を細める。

「内部から手引きされた可能性があると、考えているんだね」

「ああ。……その労働者階級の少年に、人相など詳しい話は聞けるか」

「一応彼が店を出している地区は聞いたよ。行くかい？」

「教えてくれ。もう一つ借りができたな」

とはいえ、すべては明日からだ。アルヴィンと約束を交わして別れたセオドアだったが、先ほど見たアルヴィンの表情が脳裏から離れない。

少女に願ったのは、セオドアの願望だった。アルヴィンが人らしくなることはないとわかっていながらも、願わずにいられなかったもの。

希望的観測なのかもしれない。だが、もしかしたら本当に、アルヴィンのなにかが、変わろうとしているのかもしれない。

少女の気弱げな青の瞳を思い出しながら、セオドアは一時の休息のために再び暗い階段を上っていく。

彼らのやりとりを見ていた青灰色の毛並みの猫は、彼が上階へ無事上がるまで、じっと見守っていた。

三章　バン・シーの隠しごと

秋が深まってきて、ルーフェンの華やかな社交時期が終わろうとしていた。

空は灰色の雲で覆われていることが多いが、さわやかで冷涼な風が吹き込み、色づいた木々の葉を揺らす。秋は、厳しい冬に至るまでのごく短い、黄金のような季節である。

その日、ローザはいつもより遅い時間に青薔薇(ブルーローズ)へたどり着いた。

鉄柵の間にある裏口を開けて、中庭へ続く階段を下りると、洗濯室の窓が開け放たれており、湯気がもうもうとこぼれ出ていた。

泡立てた石けんの混ざった独特の匂いに、ローザは懐かしさがこみ上げる。

近づくと、洗濯室から生き生きとしたクレアの声が響いてきた。

「さあ、アルヴィンさん。今日はせっかくの良い天気なんですから、すべての洗濯を終わらせますよ！　あなたのシャツと服はもちろん、シーツにテーブルクロス、カーテン！　タオルも真っ白に洗い上げましょうね！」

「確かに必要だけどこれは多いなあ……おやローザ、いらっしゃい。今日は遅かったね」

山盛りの洗濯物が盛られた大きな籠をどすんと床に置いたアルヴィンが、勝手口から現れたローザを見てにこりと笑った。

「申し訳ありません。乗合馬車の馬が、水を飲みすぎたみたいで立ち往生してしまったので、途中から歩いてきたのです」

「それは大変だったね。遅れたことは全く構わないけど、そういえば、ローザはどこから通ってきているのだろうか」

「言っていませんでしたね。ハマースミスの住宅街です。ネイド川沿いの」

ローザが答えると、せっせとシャツの襟元や汚れに石けんをこすりつけていたクレアが驚いて声を上げた。

「まあっ、あのあたりはとても治安が悪い上に、ここまで来るのに馬車を使っても一時間以上は必要じゃない！」

「ですが、前の勤め先も通勤には同じくらいかかっていましたので、大丈夫ですよ」

なによりお給料が良いのだ。気にするほどのことではないと思うのだが、アルヴィンまで眉を寄せていた。

「けれど、遠くて大変じゃないかな。帰りは遅くなることもあるし、朝も早いだろう。倉庫にしているけど、三階の部屋が空いているから引っ越してきても良いよ。君はうちの従業員なのだから」

「良いじゃありませんか！　警部のグリフィスさんも居るし、安全でしょう！」

クレアにまで勧められたが、ローザは首を横に振った。

「わたしにはもったいないほどの提案ですが、それはご遠慮いたします。今住んでいる部屋には、母との思い出が沢山詰まっているので、離れたくないのです」

「そういえば、僕が誘ったときには、通いが良いと言っていたね」

「はい。ロケットがない今は、もう、あの部屋しか残っていませんから……」

本当は、住み替えた方が良いことを理解している。小さな頃から住んでいるとはいえ、ハマースミスは船員や日雇い人が多く、道端で喧嘩があるのも日常茶飯事だ。日が暮れてから一人で歩くのも全く推奨されない。

家賃が多少高くても、歩ける距離に一人用の部屋を借り直した方がずっと良い。だが、まだあの部屋を離れる気にはどうしてもなれなかった。

クレアとアルヴィンが戸惑っているのを悟ったローザは、話柄を変える。

「今日はお洗濯の日なんですよね。クレアさん、手伝いますよ」

「それは嬉しいけれど、大丈夫？　重いし、熱いわよ」

荷物を置いたローザが腕まくりをして洗濯用の大鍋に向かうクレアの横に立つと、彼女が心配そうにする。

だが、その懸念を吹き飛ばすために、ローザはにっこり笑った。

「大丈夫です。花売りをする前は、洗濯屋に四年勤めていたのですよ。重たい洗濯物には慣れています。水に漬けておけば良いでしょうか？　それとも鍋の面倒を見ましょうか」

石けんはルーフェン近郊の水に溶けにくく、きちんと洗うためにはお湯を使わねばならない。お湯に石けんを溶かして泡立てて、大鍋を火にかけたまま、半時間ほど棒でかき混ぜ続けるのだ。その後には、絞り機で水気を絞り、すすぐ作業が数度待っている。

確実に一日仕事となり、くたくたに疲れきるこの重労働は、主婦の間では忌み嫌われていた。だから、洗濯屋はかなり重宝された。大きな釜がない裕福な中流階級（ミドルクラス）では、自宅で洗うには難しい洗濯物を洗濯屋に出すこともそれなりに行われている。

そんな店の一つに、ローザは縁あって勤めていたのだ。

はじめこそ不安そうにしていたクレアだったが、ローザが悠々と絞り機のハンドルを回すのを見ると、一気に安堵（あんど）したようだ。

「すごい、ローザは絞り機を使うのも上手なんだね。僕はクレアに注意されてばかりだ」

「ローラーの間隔を、洗濯物ごとに調整しなければいけませんからね。アルヴィンさん、今握られているのはウールなので、水のたらいに分けてください。お湯に入れるとあっという間に縮んでしまいますから」

「そうなのかい？　ローザは洗濯も得意なんだね」

アルヴィンは素直に持っていたウールの下着を別のたらいに入れる。

洗濯は確かに重労働だったが、一人で黙々とできる作業も多く、嫌いではなかった。せっせと絞り機のハンドルを回し、脱水に集中していたローザは、アルヴィンの問いに意識を引き戻された。

「ところで『ロケットがない今は』とは、どういう意味だろうか。そのロケットは、お母さんのものだったのかな」

アルヴィンはいつもの微笑(ほほえ)みのまま、期待するようにこちらを見ている。

ふと、セオドアの言葉が思い起こされた。人の心がわからないかはともかく、アルヴィンの言葉は、少々ぶしつけに感じるかもしれない。

けれど、今までのことも踏まえて、ただ興味がわいたから訊(たず)ねていると理解しているため、ローザもまた素直に答えた。

「はい。母がずっと大事にしていたロケットです。ロケットといっても、中はただの鏡だったのですが、ふたの表面にトカゲの彫金がされていました。母はそれをよくランプの明かりの下で開いて、眺めていたのです」

母がロケットを見つめているのは決まって夜で、ローザが見つけると、母は慌てて隠してしまったものだ。

同時に、母の最期の姿が脳裏をよぎる。

母ソフィアは流行病で亡くなった。元々身体(からだ)が強くなく、あっという間に悪化したのだ。

眠るように息を引き取る間際、意識を取り戻した彼女と言葉を交わした。

ローザの頬に……いいや、目の縁をなぞるように母の細い指が伸ばされる。

悲しげな榛色の瞳から涙がこぼれ、頬を伝って落ちた。

『あなたの目は、隠さなければだめ』

なぜそう言ったのか、わからない。

ローザは無意識に、ロケットを下げていた胸のあたりを握る。

胸は、以前よりは痛まない。けれど、もう母の言葉の意図を知ることはできない。

暗く淀んだ諦めが、ローザの心にわだかまっていた。

スカート越しに柔らかい毛並みを感じて、視線を下ろすと、猫のエセルにすり寄られていた。視線が合うと、「なあん」と鳴かれる。

エセルは時折、まるでこちらの話していることや表情がわかっているかのような行動を取る。いつも絶妙で驚くが、救われてもいた。

今も、「どうした」と心配しているような姿に和んだローザは、喉をくすぐってやる。

だがアルヴィンの美しい顔に覗き込まれて思考が途切れた。

「つまりロケットは、母親の形見ということだね。君なら大事にしていそうなのに、どうして持っていないのかな」

「ああ、それは……弁償のために差し上げたからです。以前に勤めていた洗濯屋さんで、オーナーのお嬢様の大事なドレスを台無しにしてしまう失敗をしてしまったので……」

ローザが勤めていたトンプソンクリーニング社は、とても大きな会社だった。しかし、原点であるクリーニング部門もそのまま残していたのだ。洗濯屋の同僚達はいつまでも小さいローザを「ブラウニー」とからかいながらも、仕事仲間としてはちゃんと働かせてくれていた。ローザが仕事さえできれば、目を合わせてうまくしゃべれなくても、気にしない人達だった。ローザが望める中で、一番良い条件の職場だったと思う。

壊れた日のことは鮮明に覚えている。

『ブラウニー！　よくも汚してくれたわね！』

無残に染まったドレスの前で、柳眉をつり上げた娘の怒りの籠もった激しい感情は、ローザの全身を突き刺した。身がすくんで、声は意味もない言葉すら紡げず、縮こまることしかできなかった。

高価なドレスだ、弁償代金なんてすぐには支払えない。

粗相をしたローザは解雇されることで話がついた上で、令嬢の要求に従った。

「弁償できないのなら、大事な物を渡しなさいと言われて、ロケットを渡しました」

本当は、無理矢理取り上げられたのだが、どちらにせよ同じだ。

あの令嬢にとって、ローザのロケットなど、装飾品としての価値もない安物だったはずだ。渡した後、捨てられていてもローザは驚かない。

ローザが締めくくると、どんっと、洗い終えて湯気の立つ鍋を置いたクレアが、怒りに満ちた顔で言った。

「それはあんまりじゃないの！　きっとローザさんを虐めたかっただけよ。他の同僚さんもかばわないなんて！　ね、アルヴィンさんもそう思うでしょ！」

湯気の影響だけではなく顔を真っ赤に怒らせて、クレアはアルヴィンに同意を求める。

クレアとは愛称で呼ばれるほど打ち解けていたが、彼女が怒ってくれるのにローザは少し驚く。

アルヴィンはいつも通りの表情のままうーんと首をかしげた。

「もう終わったことだし、僕がどうこう言えることでもないと思うけど……」

「もうっ！　こういうところでは薄情になるんですから！」

「いえ、アルヴィンさんの言う通り、終わったことです。オーナーのお嬢様を怒らせてしまったのは事実ですから」

もちろん、ロケットを渡してしまったことはまだ悲しいし、投げ付けられた言葉は痛かった。ローザに弁明の余地があっても、オーナーの娘に逆らってまで、同僚達がローザをかばえなかったのもわかる。

つんと、鼻の奥が痛くなる。いけないと思ったローザは顔を伏せて立ち上がった。

「洗濯物、干してきますね」

早口で語ったローザは、洗い終えた洗濯物籠を抱えて中庭へ向かう。

その間、エセルはずっとローザの傍らから離れることはなかった。

洗濯は昼頃には終わった。真っ白になったシーツや衣服が、張り巡らされた物干し紐にかけられて風に揺れる様は壮観だ。

昼食を終えた後、アルヴィンは午後に青薔薇を開けた。

元々、店が開く時間はアルヴィンの気分でまちまちだ。だからローザも、いつも通り青薔薇のドレスに身を包み、スカートをクリップでたくし上げて、店内に並ぶ商品の点検と掃除をする。

「ローザは元気だね。僕はだいぶ疲れてしまったのに……エセル、噛みつくのは痛いよ」

奥のカウンターの向こうにある定位置にぐったりと座るアルヴィンの腕に、エセルがじゃれついていた。とがめるようなエセルの金の瞳に気付いたアルヴィンが、仕方なさげに資料を手に取ると今度は監視するようにじっと見つめている。

そのやりとりを見ていたローザは、くすりと笑ってしまう。エセルのアルヴィンに対する態度はぞんざいだ。新参者のローザにこそ風あたりが強くなりそうだが、むしろエセルはローザの帰宅に合わせて、まるで送り迎えをするように散歩へ出ることもあるのだ。

不思議だなあとローザが手を止めずに眺めていると、アルヴィンは続けた。

「ねえ、さっき気にしていないと言っていたけれど、顔色は良くなかったね。本当は、ロケットを取り戻したいのではないかな」

アルヴィンはやはり鋭い。ローザは目を伏せて迷ったが、結局答えた。

「仕方がないとは、思っているのです。けれど、いつかお金を貯めたら、ロケットを返してもらいに伺いたいとは考えています。あれは、母の形見だから」

ローザにとって、ロケットは母の象徴だ。

母と暮らしたのは、風が通らずじめじめとして、どこからか悪臭とジンの匂いがする、けして居心地は良くない部屋だ。大事な場所ではあるが、悲しい思いも理不尽な思いも沢山した。そんな中で、唯一穏やかな思い出だけが残るのがロケットなのだ。

様々な物を諦めてきたが、ロケットだけは諦めきれず、わずかな希望にかけて、ドレスの弁償代を貯めていた。

だが、たとえ取り戻したとしても――……

自分でもどんな表情をしたいのかわからず、ローザは曖昧に笑ってみせる。いつの間にか立ち上がったアルヴィンが近くに来ていた。

いつもの微笑みを少しおさめていて、妖精のような美貌が際立って見える。

「今の君は呼吸が浅くて、先ほどよりも目に活力がなくなっている。僕は君の悲しみを深くしてしまったみたいだね」

息を呑んで、ローザは掃除の手を止めた。この人は、そんな風に気付いてくれるのか。

「ちがい、ます。アルヴィンさんのせいではありません。ただ、母のことを思い出してしまって……」

じっと見つめることで先を促してくれるアルヴィンに、誤解をして欲しくなくて、ローザは続けた。

「わたしは、青薔薇で働くようになり、所作や言葉遣いをみなさんに褒められるようになりました。それを教えてくれたのは、すべて母です。なら、なぜ美しい所作と教養を身につけていた母は、あのアパートでわたしを育てていたのだろうか、と」

ローザは、今は前髪で覆われていない目元をなぞる。

未だに人と視線を合わせるのは緊張するが、ここに来てから目をさらすのに驚くほど抵抗がなくなった。けれど、どうして視線を忌避していたかも、徐々に思い出していたのだ。

ローザは一度だけ、母が父親について話すのを聞いたことがある。

幼い頃、母と瞳の色が違うのが無性に気になって、訊ねたときだ。

『わたしはおかあさんとおなじ黒髪なのに、おめめはどうして青いの』

その時の母の表情を、ローザはうまく思い出せない。

息を呑む音と、普段の母と違う沈黙が幼いローザの胸に強い不安を呼び覚ました。

『父親似、だからです』

簡素に答えた母の声は硬く、重苦しく、激しい感情を押し殺していたのだ。

聞いてはいけなかったのだと、ローザは幼心に強く感じた。

元娼婦の女の言葉が、ようやく腑に落ちた気がした。

『愛されても手込めにされてもガキは出来る。アタシのように孕んじまえばお終いさ』

ローザが住んでいる界隈では珍しくもない話。だが、人の一生をあっさりと変えてしまう重大な出来事だ。

『お前のママは、アタシとおんなじように、ここまで落ちてきたんだよ』

ローザは母の素性を知らない。父の話を聞いて以降、どうしても聞けなかった。

自分の目の色は、母とは違う。

もしかしたら母は、ローザを望まず宿したのではないか。

ローザのせいで、母は本来あるべきところから落ちてきたのではないか。

その思考がインクのシミのように黒く脳裏にこびりつき、罪の象徴かもしれない瞳を見せないために、視線を避けるようになったのだ。

「亡くなる直前、母はわたしに目を隠すように言いました。それは、わたしの目を通して嫌なことを思い出したくないという気持ちが、最後にこぼれたのでしょう」

ローザは、青い目のふちをなぞる。母に直接隠せと願われたのなら、ローザはきっと喜んで隠した。けれど、母はとても優しかったから、言えなかったのだろう。

「わたしが、母にとって悲しみを思い出す存在だったかもしれないのは、仕方ありません。それでも、ずっと苦労してばかりで亡くなってしまった母は、どうしてわたしを育ててくれていたのか。少しでも幸せだった時はあったのかと、考えてしまうのです」

死の間際に残された言葉と、ローザの言葉と所作が褒められるからこそ、疑惑はより鮮明に形をとっていた。

話し終えてうつむくローザに、アルヴィンは納得しながらも不思議そうにした。

「なるほど。お母さんの言葉を思い出していたのか。君が幸せなら、良いと思うけど。終わってしまった話なのだし……痛ッエセル爪を立てないで」

アルヴィンの足に爪を立てたエセルは、アルヴィンの手をよけると、優美に店舗の奥へと歩いていく。そして、定位置であるサイドテーブル上のクッションで丸まった。

エセルの気ままさにどこか気が抜けながらも、ローザは呟いた。

「ほんとうに、その通りですね」

「けれど、その様子だと、君は気になるのだよね。そうだな……」

アルヴィンもまた眉を寄せて悩み始めるのに、ローザは申し訳なく思う。彼まで考え込ませるつもりはなかったのだ。

「あまり気にしないでください、アルヴィンさんの言う通り終わった話ですから」

「だけど――……」

アルヴィンが言いかけたところで、カラン、とスズランのドアベルが鳴る。

お客様だ、ローザははたきが見えないよう奥へ下がった。

「いらっしゃい」

「……ごきげんよう、あなたが妖精店主(フェアリーマスター)でしょう、か？」

「そうとも呼ばれているね」

アルヴィンの声に応えたのは、若い女性の声だった。澄んだ声はどこか硬く、ぎこちなさが残る。

ローザはその声に聞き覚えがあるような気がした。

どこでだったか、ローザは思案しながらも、奥へ下がる前に挨拶をしようと背筋を伸ばす。軽く膝を曲げたあと、何気なく目線を戻したとき、客の娘が見えた。

艶やかな栗色(くりいろ)の髪を華やかに結い上げて、アーモンド型の両眼は濃い琥珀(こはく)のような色をしている。きりりとした眉の彼女は、バッスルスタイルの派手なドレスを身につけていたが、少々似合っていないように感じた。手にポシェットを下げており、ドレープのたっぷり寄せられたスカートに慣れないのか、商品にぶつからないよう気にしている。

なにより、ローザはその顔にとても見覚えがあったのだ。

ローザがかつて勤めていたトンプソンクリーニング社の令嬢。

ジェシカ・トンプソンだった。

愕然と立ち尽くすローザに、ジェシカはなぜか羨ましげに目を細めた。

だが、すぐにアルヴィンに視線を戻す。

「鑑定をお願いしたいものが、あります。お時間はよい、ですか？」

その態度に、ジェシカはローザに気付いていないと理解して、軽く衝撃を受ける。

「君の硬い表情からすると、込み入った話になるようだね。なら奥で聞こうか。ローザ、表に閉店の札をかけてきてくれるかな。……ローザ、どうしたのかな」

アルヴィンが、ようやくローザの異変に気付いて不思議そうにする。

「――ローザ、ですって」

しかし、ジェシカの顔色が変わり、強くローザを凝視した。

焦点が合い、みるみるうちに柳眉がつり上がる彼女に対して、ローザはあの日のことを思い出し、身を縮こまらせた。

ジェシカはスカートのトレーンを引きずり、荒い足音と共に奥へ近づいてきた。

「あなた、ロザリンド・エブリンじゃない！　なんでこんなところで働いてるの！」

「ご、ご無沙汰しております。ジェシカ様」

「名前を呼ばないで！　ブラウニーのくせに！」

鋭く拒絶をされたローザは、ひっと息を呑んで後ずさる。

しかし、立ち上がったアルヴィンに背中を支えられた。

相変わらず、柔らかい表情を浮かべていたが、どこかいつもと違う気がした。

「ローザはこの店の従業員なのだけど、君はどこのどちら様かな」

平静なアルヴィンの問いかけに、さらに語句を重ねようとしていたジェシカは気をそがれたようだ。しかし高圧的に語った。

「わたしは、トンプソンクリーニング社のオーナーの娘、ジェシカ・トンプソンです」

「僕はこの青薔薇（ブルーローズ）の店主、アルヴィンだ。それでローザ、もしかして彼女の言うトンプソンクリーニング社が、前の勤め先なのかな」

アルヴィンに問いかけられたローザはジェシカの視線を強く意識しながらも、口を開こうとした。が、いつもの通り答えれば、ジェシカを刺激してしまうと思ったとたん、声がうまく出てこず、しどろもどろになる。

「あの、その、通りです」

「そしてわたしのドレスを台無しにした役立たずの娘よ」

ローザの声をかき消すようにかぶせたジェシカは、敵意たっぷりにねめつけた後、傲然と顎をあげる。

「店主さん、ご存じないのなら教えてあげる。このローザは、わたしのドレスにアイロンを当てて変色させたのよ。あれはパパが仕立ててくれたとっても大事なドレスだったのに！　言いつけを守れない愚図な子なのよ。それが、まさか……骨董店の従業員？」

まるでおかしなものを見たような、引きつった笑みで語られて、ローザはますます縮こまった。

ジェシカのドレスには申し送りがついていなかった。だが注意深く見ていれば、生地にアイロンを当ててはいけない染料を使っていたのだと気付けたはずだ。

「なんでそんな綺麗な服を着ているのかは知らないけど、その子は労働者階級出身のみすぼらしい子よ。服でどんなに取り繕っても、育ちは出るの。早く解雇するのをおすすめするわ。薄汚いブラウニーなんて働かせたら店の格が下がるわ！」

その通り、かもしれない。この数ヵ月ずっと頭の隅にあった思考を、すべて形にされたローザは泣きそうな気持ちで下を向いた。

思い上がっていた自分が恥ずかしくて、この場から消え去りたい。

だが、とんと、大きくて温かい手が肩に乗った。

「だけど君、はじめ気付かなかったよね？」

アルヴィンが朗らかに告げると、ジェシカが息を呑む。ローザもまたアルヴィンを見上げると、彼はいつも通りの笑みのままだが、何かが違う気がした。

動揺から脱したジェシカは、それでも言い返す。

「そ、それは……だってその子と会うのなんて、家の洗濯日に来るときだけだし……」

「ローザ、洗濯日とはなにかな」

無邪気とも言えるアルヴィンに問いかけられたローザは、我に返って答える。

「トンプソン様のところでは、月に一度の頻度で洗濯の応援に、クリーニング部門の人員が行くことになっていたのです。わたしも何度かお屋敷に行ったことがありました。オーナー一家の方々も洗濯室まで視察に来られることがあり、その時にお嬢様が……」

ローザが話している途中、アルヴィンは、なぜか引きつった顔をしているジェシカに視線を向けていた。不思議に感じる間にアルヴィンは納得したようだ。

「なるほど。ミス・トンプソンは、ローザとほとんど接点がなかったのに、彼女をブラウニーと呼ぶんだね？」

確認する彼の声はいつも通りのはずなのに、ローザは背筋を冷気に撫でられたような心地がした。

ジェシカも同じものを感じたのだろう、怯んだ様子だったが、それでも声を尖らせた。

「だ、だったらなんなの」

「つまり君は、ローザをおとしめたいだけだなんだろう」

「なっ!?　わたしは、ただ親切に教えているだけなのに」

一気に顔を赤くして絶句顔のジェシカに、アルヴィンはいっそ朗らかに語った。

「根拠はあるよ。まずは君のドレスだ。流行を取り入れているけど、君に似合わない派手なデザインで、無理に選んだようだ。歩き方も膨らみのあるスカートに慣れていない様子だ、普段は着慣れていないね？　そして、発音を上流階級（アッパークラス）のものにしようとしているけれど、所々甘い。なによりローザが話すたびに、君は眉間にしわを寄せて忌避の色を見せていた。これらを総合すると、上流階級に劣等感を持っていると推察できる。綺麗な発音をするローザをおとしめて、気分を晴らしたかったというところだろうか」

「……っし、失礼なってです」

ジェシカは否定をするが、口からこぼれた言葉を恥じるように口元に手を当てる。

「それに、君はしきりにローザをブラウニーにしたいようだけど、君こそまるでいたずら妖精ピクシーみたいだね。それともボギーだろうか？」

「ぼ、ぼぎー？」

いつの間にか近づいていたアルヴィンに、ジェシカは戸惑う様子を見せる。そんな彼女をアルヴィンは楽しげに覗（のぞ）き込（こ）んだ。

「どちらも人に危害を加えることで存在を主張する妖精だ。全体的に小柄で、顔立ちは醜くしわくちゃ。老人にもたとえられるね」

「っわたしを馬鹿にしてっ！」

「おや、どうして怒るのかな。僕は思ったことを言っただけだよ。君が本当にボギーだったら僕は愉快だけど、君はどこからどう見てもただの人間だからね、とても残念だ」

言葉の通り、心底残念そうにする美しい銀髪の青年を、ジェシカは声を荒らげた勢いも忘れて怯えを見せる。

ローザもまた、アルヴィンのずれていると称するには圧倒的に違和のある言動に気圧されていた。

だが当の本人だけはどこ吹く風で、美しい指を顎に当てて考え込む。

「ローザはもう青薔薇で三カ月働いているんだ。その間言いつけはしっかり守ってくれたし、お客のご婦人にも評判が良い。立派に従業員をしている。だから君に心配をされずとも、解雇する必要なんて微塵も感じていない。さて、君はアンティークを求めに来たわけではなく、僕の知恵を借りに来たんだろう。さあ、話してみようか！　……あれ、君？」

にっこりと朗らかに促すアルヴィンに、ジェシカは完全に呑まれて震えている。

不思議そうにする彼に、真っ先に我に返ったのはローザだった。

ともかく、この恐ろしい沈黙をどうにかしなければならない。

勇気を奮い起こして、アルヴィンに呼びかけた。

「アルヴィンさん、その」

「なにかな」

「そのように聞かれても、お話はできないと思います……」

「そうなのかい？」

はちり、と銀灰の瞳を瞬く彼は、本気で思い至っていないようだ。

違和を鮮明に感じつつも、ローザがめまぐるしく考えていると、視界の端でぽたりと雫が落ちた。

慌てて視線を向けると、ジェシカの瞳が潤み、ぽたぽたと涙を落としていたのだ。

「お嬢様……!?」

「み、みんな、あなたを、追い出して、からなのよ……！　うちにバン・シーが出るようになっちゃったの！　わた、わたし、もうやだぁ……！」

ジェシカはそれで限界を迎えたように、その場にへたりこんで泣き始める。

ローザが「自分を追い出してから」という言葉に困惑を深めていると、アルヴィンがふむと考える様子を見せた。困った色を浮かべてはいるものの、彼は穏やかなままだ。

「バン・シーか。話を聞きたいけど、落ち着くまでは難しそうだね」

ローザはひとまず、彼が無理矢理聞き出さないことにほっとして、ようやく閉店の看板を下げに行ったのだった。

泣き止んだジェシカは、店の奥にある応接セットの椅子に縮こまるように座っていた。

帰ってもおかしくなかったが、そうしなかったのは、よほどバン・シーに困っているからだろう。

ローザは、顔を上げようとしないジェシカのはす向かいに座りながら、沈黙に耐える。

ローザの足下に、灰色の毛並みが見えたと思ったら、エセルだった。

ジェシカも気付いて、少しだけ目元を和ませたが、エセルは素知らぬ顔でローザと彼女を隔てる位置に陣取っている。まるで、ローザを守ろうとしているようだ。

やがて、ティーセットを載せた盆を持ったアルヴィンが戻ってきた。

「ローザ、お願いされたブランデー入りの紅茶だよ。言われた通り甘くしといた」

「ありがとうございます。お嬢様、喉が渇かれたでしょう？　どうぞ」

盆を受け取ったローザがティーポットの紅茶を、ティーカップに注いで差し出す。ジェシカはふくよかな香りに誘われて顔を上げたが、口元をへの字にしていた。

そういえば、ジェシカの顔を見ていられるとローザは気付いた。先ほどまで、あんなに怖かったはずなのに、今は彼女のあどけない反応まで観察できる。何が違うのだろう。不思議に思っていると、ジェシカが口を開いた。

「……従業員がいるのに、店主がお茶を淹(い)れるなんて、変よ」

「僕のほうがおいしくお茶を淹れられるからだ。うちは適材適所がモットーなんだよ」

アルヴィンが答えると、ジェシカは怯えたようにびくついた。それでも優しい褐色をした紅茶の魅力にあらがえなかったのか、ティーカップを手に取り口をつける。

一連の動作は作法に則(のっと)ったものだったが、板に付いているとは言いがたく、ぎこちなさが残る。一口飲んだとたん、ジェシカの強ばった表情が緩んだ。

見届けてから、ローザも自分のカップを傾ける。ブランデーの果実のような香りが鼻孔を抜けていき、砂糖の甘みが心をほぐしていった。

「それで？　君の家にバン・シーが出るらしいけど」

アルヴィンが訊ねると、我に返ったらしいジェシカが、ちらちらとローザを気にしながらも重い口を開いた。

「……最近、屋敷の中で、夜な夜な女のすすり泣く声が聞こえるみたいなの。主に使用人が聞いているんだけど、他にも、使用人達が見知らぬ人影を目撃したり、わたしの部屋にも人影が現れたりした」

気負いを取り去ったジェシカの言葉は、中流階級に似た砕けた響きだ。

「この間なんて、パパが足に怪我をして帰ってきたのよ。バン・シーってその家に死を運ぶんでしょ？　泣き声は収まらないし、このままパパが死んじゃったら……」

震えたジェシカは、ローザを睨み付ける。だが涙が滲んでおり、迫力はない。

「全部、あなたを追い出してからなのよっ。なんとかしてっ」

ローザは一瞬怯んだが、隣のアルヴィンが、今までになく銀灰の瞳を輝かせる。

「話からすると、バン・シーが屋敷の家人の不幸を知らせたのか、これは期待できるね。ただ、死を運ぶというのは大きな誤解だ」

彼の声が聞こえて、また気持ちが楽になる。

そうか、アルヴィンが居るから安心できるのだ。気付いたローザは顔を上げると、ジェシカが再び怯えている。

彼女がアルヴィンとまともに話すのは難しいだろう。

落ち着くまでは、とローザはアルヴィンに問いかけた。

「誤解、とおっしゃるのなら、バン・シーは、どのような妖精なのですか」

アルヴィンはたちまち滔々と語り出す。

「バン・シーは古い言葉で〝丘の女〟あるいは〝妖精の女〟〝泣く女〟という意味を持つ。地域によって姿は万別で、長い白い髪とくぼんだ眼下に赤い目をして、緑の服にマントを羽織った老女とも、喪服のベールに美しい顔を隠した女性とも語られているね」

「それは、女性という部分しか共通点がないんじゃないでしょうか」

「確かにその通りだ。性質も地域ごとに同じ妖精かというくらい違う、面白い妖精だよ。今回、トンプソン邸に出現したと思われるのは、近いうちに人死にが出る家に現れるバン・シーだろうね」

唄うようになめらかに語るアルヴィンは、いつも通り生き生きとして美しい。

「この場合のバン・シーは憑いた一族の死を予言し、嘆くことで悼むんだ。東洋の風習にある、泣き女に近いものがあるね。だから、聖人や偉大な人物にはより多くのバン・シーが嘆きに現れるというよ。つまり、バン・シーが死を運ぶのではなく、家人の死が先にあるんだ。正確に語るのであれば、バン・シーは家の不幸を予言しているんだよ」

大まじめなアルヴィンの語り口に、ジェシカがたまらず声を上げた。

「どちらにせよ、パパが死んじゃうってことじゃない！　もしそうなったら、あなたのことをぜったい許さないからっ」

涙目で責められ、ローザは途方に暮れるが、アルヴィンは眉一つ動かさず言った。

「ふむ、そうか。ただ、君のはじめの発言からすると、バン・シーが出現した原因は、ローザではなく、もっと別のものだと考えていたのではないかな。なぜならローザが居ると知らなかったのに、わざわざこの店に来たのだからね」

たちまち、ジェシカの表情が強ばる。

「君ははじめ『鑑定を頼みたい物がある』と語っていた。けれどローザを見つけたとたん『あなたのせい』と糾弾したね。この発言の変化から、君はバン・シーの出現を、ローザに関連する物品が原因と考えていたと推測ができる。元々相談しようとしていたのは、しきりに気にしているポシェットの中身かな」

アルヴィンが視線を投げると、ジェシカはとっさに膝に置いたポシェットをかばう。

「人は人だけでなく、物に対しても因果を感じるものだ。ここは妖精に関連する物品を扱うから、ローザから盗ったロケットを鑑定に来たのが実際の理由だね？」

「ッ……」

ジェシカが後ろめたげに視線をそらしたことで、ローザは母の形見がポシェットの中にあるのだと知って動揺する。

ローザとジェシカの間に緊張が走る中、アルヴィンは朗らかに語った。

「まあ僕は、君が何にこだわっているのかはどうでも良いんだ。その代わり、僕がバン・シーの正体を突き止めたら、ローザのロケットを返してくれるかな」

「えっ」

思わずローザは驚きに声をこぼした。

今まで通りであれば、アルヴィンは見返りを求めずに、依頼を受けたはずだ。なのに、今回は見返りとしてローザのロケットを持ち出した。ロケットのことを覚えていてくれたことが意外だった。

ローザはアルヴィンを見るが、その横顔はいつも通りの微笑のままだ。

「屋敷で聞こえる嘆きの声が、本当にバン・シーの死の予言なのかわかれば、君の憂いは晴れるだろう？　さあ、どうする」

声を出さないものの、ジェシカもまた驚きに目を見開く。

しかし、そのような自分を恥じたように、唇を噛むと挑むように答えた。

「……いいわ。うちに来て。パパには話をつけておくから」

「よし決まりだ。バン・シーに会えるかもしれないとは、楽しみだね」

売り言葉に買い言葉。そう表せるやりとりの中で、アルヴィンは飄然としていた。

＊

数日後の日中。ローザはアルヴィンと共にトンプソン邸に来ていた。

ルーフェン西に位置する郊外の街、ヒルホームにあるその屋敷は、とても大きかった。

おそらく昔は、どこかの貴族の屋敷だったのだろう。敷地の鉄柵がある部分から、屋敷までのアプローチを馬車で移動した。

屋敷の前に広がる庭を横目に、アルヴィンの荷物を持ったローザは馬車を降りる。

今日もまた、ローザはハベトロットで仕立てられた青のジャケットとスカートを身につけていた。フリルを重ね、リボンで留め結びドレープを形作るスカートは、控えめながらも華やかに装われている。足下はボタンで留めるブーツだ。

石畳のアプローチを歩き、フットマンに訪れを告げると、たちまちメイドを引き連れたジェシカが現れた。

今日は緑を基調としたデイドレスで、店に来た時より地味だった。ローザはこちらの方がジェシカにしっくりときているように感じられる。

ジェシカは挨拶もそこそこ、むっつりした表情で告げた。

「パパが、あなた達に会いたいって言ってるから、このまま来てくれる？　あなたが骨董屋だと知ったら興味を持っちゃって」

「もちろん、家主に話を通せるのなら良いことだ」

アルヴィンの快諾の言葉で、そのまま二階に向かう。

途中広々とした廊下には、多くの美術品が飾られていた。絵画や東洋のものらしい大きな壺。皿や贅沢な彫刻が施されたテーブルや椅子などもさりげなく配置され、一種の展示室として使われているのがわかった。

廊下からつながる部屋の一つで、四十代ほどの年齢の男性に出迎えられた。

顔にはしわが目立ちながらも、まだ若々しさが溢れており、鼻の下のひげは丁寧に手入れをされている。自宅らしく、ラウンジスーツに身を包んでいるが、その右足はまくり上げられ、真っ白なギプスが塡められていた。

屈託なく、紳士らしい姿で、松葉杖をつきながらアルヴィンに親しげに握手を求めてきた。

「やあはじめまして。こんな姿で悪いね。俺はディビッド・トンプソンだ。今回はジェシカの頼みを聞いてくれて感謝するよ」

「はじめまして。僕は青薔薇骨董店のアルヴィン・ホワイトだ。彼女は従業員の……」

「ああ、知っているよ。ロザリンド・エブリンさんだ。洗濯日によく応援に来てくれていた子だね」

名前で呼ばれるとは思わず、ローザが面食らっていると、デイビッドはこちらにまで手を差し出してくる。ローザがおずおずと手を重ねると、厚く大きな手に握られた。

「いやあ、足をやってしまってから退屈でね。ジェシカから君達の話を聞いてこれは是非挨拶しなければと思ったんだ。さすがに使用人達についてもらうが、屋敷内を見て回るのは構わない。彼らの仕事を邪魔しない程度に、話を聞いて回るのも許可しよう。その代わり、俺の話し相手になってくれないか」

「ありがとう。では遠慮なく……」

アルヴィンが早速話を始めようとしたところで、扉がノックされ困惑気味にメイドが顔を覗かせる。

「あの、いま、ジェシカ様の友達が来た――じゃない。到着しましたが……」

敬語に不慣れな様子のメイドの報告に、ジェシカはさっと顔を強ばらせる。

「っ！　手紙で今日の予定は断ったのにっ」

焦る彼女に、デイビッドが助け船を出した。

「ならホワイトさん達は俺が相手をしよう。コレクションを見てもらいたいんだ」

「ありがとうパパ。……ホワイト様、すみません。少し席を外します。アメリア、着替えを手伝ってちょうだい」

「はい、わか……ええと、かしこまりました」

ジェシカに命じられたメイド……アメリアと共にジェシカが退出した後、デイビッドは椅子を勧めてくれた。

「俺も妻もバン・シーなんて気にしていないのだが、ね。俺の怪我(けが)も自分の不注意が原因なんだ。もうそろそろギプスもとれる頃合いなんだよ」

ローザが見る限り、デイビッドは本当に気にしていないようだった。

「この家は、没落した貴族が手放したものを買い取ったんだ。離れに住まわせていた愛人を嫉妬のあまり殺した奥方がいたと聞いたが、もう昔のことだな。それよりもだ」

言葉を切ったデイビッドは、ローザに向き直る。

「エブリンさん、娘が悪かった。大げさに配慮した君の上司が勝手に解雇を決めてしまってな。君の同僚は君の仕事を評価していた。人の気付かない部分に気付く働き者だとな」

たとえるなら雲上の人からの言葉に、ローザはうろたえて言葉をなくす。

アルヴィンが不思議そうに、デイビッドに問いかけた。

「先ほども感じたけれど、トンプソンさんは従業員の名前を覚えていたのかな」

「さすがに全員ではないさ。『ありとあらゆる物を綺麗(きれい)にする』と掲げたトンプソンクリーニング社は、用途別の石けんや、専用磨き粉のポリッシュの販売や掃除サービスにまで手を伸ばした。はじめた頃より事業規模が広がって、責任を持つ人々の数も増えたが、特にクリーニング部門は俺の原点だ。自然と確認してしまうのさ」

穏やかに話すディビッドは、再びローザに視線を向ける。

「エブリンさんは、十四歳の頃からうちのクリーニング部門で働いてくれていたな。うちの娘の癇癪で台無しにしてすまない。あの子はまだ、人の上に立つ者の重みを受け止められないらしい」

ディビッドは思いをはせるように少し遠くを見た後、ローザに続けた。

「その勤勉さは、得がたい資質だ。君が良ければ、別の部門にはなるが、うちの会社で働いてもらおうと思っていたくらいだ。すでに勤め先を見つけていて残念だよ」

「い、いえ……」

ローザはどう返して良いかわからず、スカートの上に置いた手を握る。

知らないところで仕事ぶりを認めてもらっていたことが、そわそわと落ち着かない。

だが、まともに言葉を返す前に、出し抜けにアルヴィンが問いかけた。

「ところで、トンプソンさん。僕に見せたいものとはなにかな」

「ああ、そうだ！　ホワイトさんの骨董の専門はなにかな」

「家具も銀器も陶器も一通り見るけれど、強いて言うなら宝飾類やコインだね」

「ならよかった。ぜひ俺のコレクションを見ていってくれ！」

デイビッドは、部屋の隅に控えていた執事に合図を送った。

執事が持ってきたビロード張りのトレイに置かれた品に、アルヴィンは興味を持つ。

「これはすごいね。ヴィナグレットかい？」

「さすがは専門家だ」

にんまりと嬉しそうにするデイビッドは、トレイに並んだ物の一つを手に取る。

それは大きなデイビッドの手にすっぽりと収まるほど、小さな丸い容器だった。

彼が持っているものには、表面の藍色のエナメルに花が美しく装飾されている。縁を彩る金色は、おそらく本物の金が使われているのだろう。チェーンでつながった先には、同じ意匠の指輪が付いていた。

デイビッドが容器のふたを開けると、中に優美な透かしがあり、物が入れられる構造になっている。彼が持つのは丸形だが、トレイには小箱型、矢筒などもあり、大粒の宝石が使われている物も多くあった。

ローザがまじまじと見ていると、アルヴィンが教えてくれた。

「ヴィナグレットは、いわゆる気付け薬入れだよ。上流階級のご婦人は繊細で特に気を失いやすいものだ。この容器の部分に強い香料をしみこませた綿などを入れておいて、気分が悪くなったときに香りを嗅いで、回復するんだ。だから女性が好むような優美で精緻な細工が施された物が多い」

「俺はエチケットに使う香水瓶や、ヴィナグレットを集めるのが趣味なのさ。往年の人々も、今の人々と同じ物を使っていたと感じられるのが楽しいんだ」

デイビッドが自慢げに語るのもわかるほど、見事な品々ばかりなのは、素人のローザでも理解できた。

それを肯定するように、アルヴィンもまたしげしげとテーブルに置かれたトレイの中を見つめている。

「とても良い品ばかりだ。特にこのポマンダーの金細工はカンティーユだね。〝金の刺繍(ししゅう)〟という意味の通り、細い金の粒を蠟付(ろうづ)けして作られた作品だ。今ではここまで細かくできる職人がいないから、アンティークとして希少価値がある。なにより、この細工はとても美しい」

「わかってくれるか！　それは見せるたびに譲ってくれないかと言われる特に自慢の一品なんだよ。この他にも、コレクションケースがいっぱいになってしまうほどあってな。いやあ、あまり自慢できる機会がないから嬉しいよ。どんどん見ていってくれ」

「僕も美しいものを見るのは好きだ。彼女が帰ってくるまでなら喜んで」

上機嫌なデイビッドにアルヴィンが応じたことで、コレクションの鑑賞会となる。

しかし、様々な香水入れやヴィナグレットを見せてもらったが、ジェシカはなかなか戻ってこない。やがて、メイドのアメリアがもう一度現れた。

「お嬢様は、そのうまだ……」

「……どうやら、時間がかかっているようだな。なら、アメリア。客人を案内して差し上げなさい。仲の良い君なら、ジェシカから話を聞いてるんだろう？」

「えっ」

呼びかけられたアメリアは戸惑ったが、主人の命に従った。

そうして、アルヴィンとローザはジェシカ抜きで屋敷内を見て回ることになった。

アメリアは、ローザよりもいくつか年が上、というまだ若い娘だった。

かぶったボンネットに隠しているが、後れ毛はヘーゼル色だ。

暗色のワンピースに真っ白なエプロンは清潔感が感じられ、その四肢は牝鹿のようにしなやかだ。個性が出ない装いでも、はっと目を引くものがある。

だが案内役を任されたことを、気まずく思っているのが手に取るようにわかった。

「ええと、アメリアです。まず、どこ回ります？」

アメリアはぎこちなく話しかけてきたが、ローザもどう対応したものかと迷ってしまう。

だが、そのような空気など意に介さず、アルヴィンは鷹揚に告げた。

「あの子が言っていたのは、『女のすすり泣く声』と『私室に現れる人影』。それから『使用人が目撃した見知らぬ人影』だった。本人が居ないのに自室を見せてもらうのは悪いから、使用人が見た人影とすすり泣く声に集中しようか。そもそも、どこで聞こえるのかな」

「ええと、人影はよくわかんないですし、泣き声もアタシは聞いたことがねえんです。けど、同僚が言うには、深夜に使用人室で聞こえるっぽくて」

アメリアのいくらか砕けた物言いに、ローザはアパートの周囲で聞く、懐かしい発音を思い出した。敬語が板に付いていないところからして、勤めて間もないのかもしれない。

「泣き声だけじゃなくて、怒る声を聞いたって人もいます。でも長く勤めてる執事さんやメイド長は、『泣くだけなら問題ない』って気にしてません。怖がりな奴は夜の見回りをいやがるようになってんですけど……」

「なるほど、ところでアメリアさん」

「ひゃい」

唐突に、アルヴィンに覗き込まれたアメリアは、声を裏返らせた。改めて彼の容貌の美しさに気付いたらしく、顔を赤らめている。

窘めるべきだろうか、ローザが迷っている内に、アルヴィンはアメリアに問いかけた。

「この屋敷で今まで見かけた使用人は、みんな馴染んで手慣れた様子だけど、君はぎこちないね。どうやら敬語も慣れていないようだし、入って間もないのかな？」

踏み込んだ問いに、アメリアの顔の赤らみが引き、なぜか後ろめたそうになる。

「わ、悪い？　若い同性の子がいないと、ジェシカ様が寂しいだろうって、半年前に雇われたのがアタシ。アタシの前に来たのがフットマンだけど、もう一年以上は勤めてる。他に住み込みで働いてんのは、数年以上勤めてるひとばっかだよ」

「わかった。ありがとう。ではその使用人室を見せてもらおうかな」

アルヴィンの気紛れにも思える引き下がり方に、アメリアは肩透かしをされたような顔をしながらも、案内してくれた。

使用人室はこういった屋敷には珍しくなく、半地下にあった。

一階の壮麗な内装とは打って変わり、壁には壁紙が貼られておらず、レンガなどの建材が剝き出しになり、全体的に質素だ。

だが、使用人が集まるホールは居心地良さそうに整えられている。洗濯室には来たことがあるが、こちらは初めてで、ローザが興味深く見回していると、アルヴィンが何かに気付いたようだった。

「このラッパ状のものはなに？」

彼が指したのは、壁にいくつか並んで取り付けられたラッパ状の器具だった。金属製で、口から壁沿いに金属製の管が走っている。アメリアは何でもないように語った。

「伝声管っていうらしいです。なんでもこの屋敷を建てた偉い人が海軍の出だったとかで、船で便利だったから、屋敷中に取り付けたみたいです。ただ、通話口はここに沢山残ってますけど、見た目が良くねえので、表を通る管はすぐ外されたって聞きました。ベルと違って声も届けられるんで、この部屋とキッチンとか、配膳室をつなぐやつは今でも使ってます」

その通り、伝声管の隣の壁にはずらりと各部屋へとつながるベルが並んでいる。

「……そう、これがどこにつながっていたかは、誰が詳しいかな」

「え、えーと執事さんかな？」

アルヴィンの質問にアメリアが戸惑いがちに答えたとき、リンとベルが鳴る。

ベルの下にある札を見て、アメリアは呟いた。

「ジェシカ様の友達を通した部屋だ」

「なら、そろそろ解散するのかな。このあたりで見る物はなさそうだし、僕達もあの子を迎えに行こうか」

「アルヴィンさん、もういいのですか」

ローザが驚く中で、アルヴィンはさっさと使用人室を出ていってしまう。ローザもまた、彼の背を追って薄暗い廊下を歩いていく。

「……ジェシカ様、ほんとはあんな人じゃないんですよ」

悲しみを帯びた声に、ローザは振り返った。

少し後ろから付いてきていたアメリアが、複雑な顔をしている。

「思うようにできなくて、苦しくて、どうしようもなくなっちまってんだ」

ローザが戸惑いのまま見返すと、彼女は申し訳なさそうに目を伏せて、ローザの隣をすり抜けた。スカートを翻して、アルヴィンも追い越していく。

階段を上がり、防音用にラシャ布の張られた扉を開けると、家の表につながっている。

そこは別世界と言って良いほど壮麗だ。

一歩踏み出したローザは「ブラウニーさん！」という声が響いて硬直した。

「君ではないよ。エントランスホールからみたいだ」

だがすぐに立ち止まっていたアルヴィンに否定されて、肩の力を抜いた。

顔色を変えたのはアメリアだ。

「ジェシカ様……っ」

呟いた彼女が小走りにエントランスホールへ向かう。

ローザとアルヴィンがついていくと、それぞれに趣向を凝らしたドレスに身を包んだ娘達がいた。

彼女達の中心には、ジェシカがいる。先ほどの地味なドレスではなく、最新流行の華やかだが、どこかちぐはぐなデイドレスに着替えていた。

ちょうど見送るところに居合わせたのだと理解したローザだったが、すぐに様子がおかしいことに気付いた。

令嬢の一人が暇の挨拶をしたが、今思い出したとでもいうようにおっとりと告げた。

「そういえば、今着ていらっしゃるドレス、以前紅茶をこぼされていましたのに、綺麗にされましたのね。さすがは洗濯屋のブラウニーさんだわ」

　ブラウニーと呼ばれたのは、ジェシカである。だがジェシカは仮面のような顔のまま返事をした。

「おそれ、いります」

「きっとご自分で洗われたのでしょう？」

　どれだけ言葉遣いが丁寧でも、令嬢の声には明らかなあざけりが混じっていた。

　ジェシカは表情を変えないように努めながらも、強ばるのは抑えられないようだ。

　別の令嬢達も微笑みながら続ける。

「でも、ドレスが汚れてしまっても、使用人に任せるものですし」

「そもそも新しく仕立てれば良いものね」

「大事に着られるブラウニーさんは、すてきだわ」

　ローザですら、彼女達が本当に素敵などとは思っていないことくらいわかった。

　ひとしきり語った令嬢達は、淡い笑みを浮かべた。

「ではブラウニーさん、ごきげんよう」

「……ごきげんよう、みなさま」

　だがジェシカは、言い返しもせず、彼女達から視線をそらしたままだった。

彼女達が去っていくと、アメリアはたまらずといった雰囲気でジェシカへ駆け寄る。

「ジェシカ様、大丈夫、ですか？」

「……ありがとう。大丈夫よ。いつものことだし」

ジェシカを支えたアメリアは、彼女の背をゆっくりさする。

その案じる姿は本物だ。ただローザは、ジェシカを見つめるアメリアが、どこか後ろめたそうな、罪悪感を抱いているように感じた。

顔をあげたジェシカは、ローザ達を見つけてはっとする。苦々しさがよぎるが、すぐ諦めたように肩を落とした。

「見てたの？」

「君もブラウニーと呼ばれていたのだね」

アルヴィンの言葉に、ジェシカは深いため息をつくと、自嘲するように語った。

「そうよ、洗濯屋の娘で、茶色の髪をしているからだって。私が社交を始めた時にお友達に付けられたあだ名なのよ。ふふ、染み抜きをしてあげただけなのにね。あなたを罵ってたのに、お笑い草でしょ？」

自分をあざけるように笑うジェシカは、投げやりに続けた。

「パパの事業がとってもうまくいって、あっという間に中上流階級（アッパーミドルクラス）の仲間入りをした。けど、彼女達はお金はあっても歴史のない家を同じ人間とは思わないの。紳士（ジェントル）じゃないからって、一段下に見て哀れむのよ。歴史なんてどうしようもないじゃない」

「そんな……」

ローザがこぼした声にも気付かなかったようで、ジェシカは続ける。

「それでも、わたしは死にものぐるいで、所作や決まり事を覚えた。けど彼女達は言葉が違う所作が違うって、絶対どこか粗を見つけて『やっぱり成金の娘ね』ってあざ笑うの」

小さくため息をこぼし笑うジェシカの悲痛な告白に、ローザは息を呑む。

そんなローザを、ジェシカは暗い瞳でとらえた。

「そこであなたに会ったのよ。労働者階級のはずのあなたは、わたしが喉から手が出るほど欲しい、完璧な上流階級の発音で話しかけてきた。『ごきげんようお嬢様！　今日は良い天気ですね』って！　歩く音も静かで、姿勢は背筋がぴんと伸びて美しくて、忙しい中なのに指先をそろえて物を扱って、一切言葉も崩れなかった。労働者階級の子でもできることが、わたしにはできないって、今までの努力をずたずたにされた。そうよ、腹いせだったの」

そこまで言い切ったジェシカは、先ほど帰った令嬢達のような、微笑みながらも悪意に満ちた微笑みを浮かべてみせた。

「ね、ひどいでしょう？」

「――ひどいね、君は自分の罪悪感を帳消しにするために打ち明けているのだから」

くすり、と笑いながら語ったのは、アルヴィンだった。

「今君は、自分が令嬢に虐げられていると示した。ローザと同じようにね。だから、仕方がないとは言わないまでも、同情を買えると思った。うんそうだね。人は苦しいことに遭遇した後は、慰めて欲しいものだ。善良なローザなら、許してくれるかもしれない。同意を求めたのは、打ち消して欲しいから。違わないね？」

声は朗らかなのに、極寒の冷気を帯びているような冷たさだった。

明らかな糾弾に我慢できなくなったらしいアメリアが、ジェシカを背にかばった。

「なんてこと言うんだよ！　ジェシカ様がそんなこと……」

「本人の反応は間違っていないと認めているよ」

アルヴィンの言葉に、アメリアは後ろを振り返り、言葉をなくす。

ジェシカの顔色は紙のように白く、固く指を握り込んだまま、反論する気配すら見せない。彼女がアルヴィンの言った通りの感情を持っていたのは、明白だった。

「けれどね、一度した行動はけして消えないんだ。君はボギーのように狡猾に、ローザから大事な職と母親の思い出を奪った。それを理解しているのかな」

灰の瞳を細めて、淡く微笑しながらいっそ明るい口調で語るが、言葉に宿る刃のような鋭さは増すばかりだ。ローザはまただ、と思った。

「たった一言の些細な意地悪でも、君は人の一生を左右できる場所にいるんだよ。それがわかっていない君は、君をおとしめるあの女の子達と変わら……」

「アルヴィンさんっ！」

ローザがとっさに大声で名を呼ぶと、アルヴィンは言葉を止める。

アメリアは凍り付いたジェシカをかばったまま、敵意の籠もった目でアルヴィンを睨んでいる。

けれど、そんな眼差しを向けられているとは思えないほど、彼は平然とローザに対し小首をかしげるのだ。

「ローザ、どうかしたかい」

「その……ここには、バン・シーの調査をしに来たのですよね」

ローザは話しかけるのも勇気がいったが、彼はぱちぱちと目を瞬くと、眉尻を下げた。

「そうだった、すまないね話をそらして。人影を見たのは、君の部屋でだったね。実際に状況を見てみたいから、再現をしてくれないかな」

アルヴィンは硬直するジェシカに向けて、ごく気軽に申し出たのだ。

ローザ達は、当初の予定通り、トンプソン邸に泊まることになった。

ジェシカはあれほど精神的に追い詰められたにも拘わらず、調査の続行は望んだのだ。

敵意に満ちたアメリアの視線を浴びながらも、アルヴィンは聴取を続けていた。

「ローザは客室で眠っていて良かったのに」

「わたしも、青薔薇（ブルーローズ）の従業員ですから……」

バン・シーの泣き声が聞こえる使用人室の椅子に座ったアルヴィンの隣に、ローザは腰を下ろす。

日中は使用人達で賑やかだった室内は、しんと静まり返っている。アルヴィンの傍らで灯された手持ちランプだけが、ぼんやりと調度品や彼を照らす。

彼は使用人が用意したお茶のカップを手に、まるで自宅のようにくつろいでいた。

「あの子が見た人影は、使用人が見たものと性質が違うようだね。使用人は、お仕着せを着た見知らぬ誰かを見た気がするけど、いつの間にか消えていた、という話だった」

「そう、ですね」

話しかけられたローザは、曖昧に同意しながら、彼女の自室での証言を反芻（はんすう）した。

『夜、だったわ。どうしても寝れなくて、起き上がってランプを点（つ）けたの。そうしたらロケットが目に入って、まだ中を見ていなかったって気付いた。ロケットの表面にあるトカゲの目が、嫌に赤く光っていたのを覚えてる。ふたを開いたら鏡だけで気が抜けたけど、ふと視線を感じて顔を上げたら、あそこの壁にバン・シーの影があったの』

硬い表情のまま、ジェシカは白い壁を指さした。

『何人だった？』

『ひとり……いいえ二人だったと思う。怖くて点けたランプを握って人を呼びに行った後には、もう誰も居なくなってた』

『なるほど、物の配置と君の位置を覚えている限り再現してくれるだろうか』

『……寝る前にロケットに傷がないか、確認していた日だったから……』

アルヴィンの願いに、ジェシカはぎこちないながらも、再現する。

ランプの近くに置かれた母のロケットに、ローザは胸に沁みるような懐かしさと焦燥と安堵を覚えたのだった。


結局アルヴィンはバン・シーの声を聞いてからだとその場で明言は避けて、深夜の使用人室にやってきたのだ。

「アルヴィンさんは、バン・シーの声を聞けると思いますか」

「僕は呪いのように運が良いから、問題を解決するために必要なら、必ず聞けるはずだ。はい、冷えるから温かい紅茶を飲むと良い。使用人が差し入れてくれたよ」

丈夫そうなカップを差し出すアルヴィンから、ローザはカップを受け取りながらも、彼を見上げる。

先ほどの晩餐時、アルヴィンは家主であるデイビッドや、奥方との会話にも朗らかに応じていた。ジェシカにも話しかけていたくらいだ。

あれだけ淡々と、彼女を追い詰めたにも拘わらず、今も平然としている。

今まで彼に対し積み重なっていた違和感が、形になった気がした。

「冷えるから毛布も重ねておこう」

「ありがとうございます。……今、お話ししても大丈夫でしょうか。日中の、ジェシカ様に言ったことで、なのですが」

せっせと世話を焼かれるローザだったが、意を決して彼を見上げて切り出す。

すると、宵闇の中ランプの灯りで微かに見えるアルヴィンが困った表情になった。

「もしかして、日中の態度は良くなかったかな」

まさに指摘しようとしていたことを先に言い出されて、ローザは面食らう。

だがアルヴィンは、ひどく申し訳なさそうだった。

「なるほど、だから普段は会話に割り込まない君が止めてくれたのか。すまないね、驚かせたかな。記憶しとくから、どこが悪かったか教えてくれるだろうか」

「あの、ジェシカ様を過剰に追い詰める物言いをされたように感じられました。アルヴィンさんが調査をするつもりなら、ジェシカ様からお話が聞けなくなるのはとても困ると思うのです」

「確かに、バン・シーの正体を探るのが目的なのに良くなかった。彼女が怯えた表情をしていたのに、そこまで思い至れなかったな。あれは自分でもどうしてそこまで言ったのかわからないのだけど、以後気をつけよう。あの子にも謝ったほうが良いだろうか」

「それは……」

わからない。ローザにとって、謝罪は自分に非があると感じたときに、許しを請うための行為だ。今のアルヴィンは自分が悪いと思っているようには感じられない。

悪意からではなく、ジェシカがなぜ怯えて追い詰められていたか本質的なところを、本当にわかっていないように思えた。

そうまるで、感情が通っていないような。

ローザが沈黙すると、アルヴィンの淡い笑みが収められた。

「今は、君の表情がよく見えないから、君が何を思っているか予測ができないんだ。言葉で教えてくれるだろうか」

「わからないの、ですか」

否定して欲しいと、どこかすがるように問い返したが、アルヴィンから返ってきたのは肯定だった。

「声がいつもより上ずっているから、困惑しているのだとは思う。……ああけど怖がっている時と、怒っている時も声は上ずるから断定はできないな」

「怒ってはおりません。ただなぜアルヴィンさんがわからないのか、わからないだけで」

ずいぶん傲慢な表現だと思ったが、アルヴィンはほっと納得した様子を見せた。

「なるほど、疑問の声だったんだね。それは、僕が心を失っているからだよ。妖精に奪われてしまったから」

「妖精に……？」

妖精は、空想上の存在のはずだ。だがアルヴィンの口ぶりでは、実際に出会ったことがあるみたいだ。

どう反応すべきか迷ったローザがオウム返しにすると、彼が問いかけてくる。

「君は妖精女王の約束の詩は知っている？」

「はい、一応ルーフェンっ子ですから。『小鬼（インプ）やエルフと呼んだなら、よくよく気をつけてくださいな〜』からはじまる、妖精との関わり方を教える詩ですよね」

「そう、それだ。『愚かな魔女と呼ばないならば、仲良くしましょう、いつまでも』で締めくくられる。この愚かな魔女というのは、妖精女王を示しているという説もあるけれど、そこは割愛しよう。ここでの問題は、妖精に対し礼儀正しくしたとしても、必ずしも無事に解放されるわけではないことだ」

ローザは、暗がりに見えるアルヴィンの微笑（ほほえ）みがどこか困ったようだと感じた。

ふと、彼は自身の髪を撫（な）でる。すっきりとまとめられた長い銀髪だ。

「僕の髪は、子供の頃は金色だったんだ。妖精の世界から帰った後には、この色になっていたよ。その後何度伸ばしても戻らないから、妖精に変えられてしまったのだろうね」

その告白に、彼の異質さが浮き彫りになる。よく似合っているからごく自然に受け入れていたが、アルヴィンの髪は男性としては特異な長さである。

金色が銀色になるなんてことは、加齢以外にはまずないだろう。そして、アルヴィンがこのような冗談でローザをからかうことはないと断言できる。

「妖精の世界、ってどういうことでしょうか」

だがにわかには信じられず、ローザが問いかけると、アルヴィンは茫洋とした眼差しで語り始めた。

「僕は幼い頃に、森の中で綺麗なコインを拾った。どこの国のものかもわからない、けれど今まで見たどんな金貨よりも美しいコインだ。拾ったとたん、僕は見知らぬ草原にいた。ブルーベル、ハニーサックルにノボロギク、他にも季節を問わない花々が咲き乱れていたよ。軽やかな風が頬を撫でて、かぐわしい香りがして気持ちよかったな。本当に驚いたのだけれど、白い花が咲く木には、黄金のリンゴが鈴なりに生ってもいたね。あれを手に取らなかったのは少し後悔している。脇にあった川にはとろりとした液体が流れていて、触って嗅いでみたら香油だった。良い香りはここからかと納得したな。夢かと思ったけれど、握ったコインの冷たさも、草を踏みしめる感触も本物だった」

アルヴィンの話は、詳細で鮮明だった。ほんのりと笑みすらこぼしている。

「少し歩くと、金銀宝石で飾り立てられた宮殿があって、中では金色の髪をした若く美しい人々が、音楽を奏でて唄い踊り、蜂蜜や酒で宴をしていた。歌も楽器も聴き惚れるほど上手で、この世のものとは思えないほど美しい光景だったよ。僕は、そこで金髪の人々にコインを返したのだと思う」

見てきたように語っていたアルヴィンだったが、最後だけは曖昧な言い方をした。

普段の彼の記憶力を知っているローザは、訝しく思った。

「覚えていらっしゃらない、のですか」

「そうだよ、光景は鮮明なのに、そこで何を話して何をしたかは覚えていない。コインを返したというのも、元の森に戻ってきた時には持っていなかったことからの憶測だ。当時の僕も、妖精女王の詩は知っていたから、礼儀正しく良き隣人と呼んだと思う。僕が元の場所に戻ってきたときには、とても運が良くなっていた。……けれど、髪は金から銀に変わり、他人の感情もわからなくなっていた」

アルヴィンの声音も微笑みも、変わらない。だがどこか虚ろに思えた。

「妖精は礼儀正しく振る舞い、役に立った者には贈り物をくれたり、祝福を授けてくれたりする。僕が授かったものは、おそらく祝福なのだろう。けれど、対価とでもいうように、僕の中にあったはずの喜怒哀楽を喪失していた。かかった医者には、共感能力が著しく欠けていると診断されたよ。情動は人の精神活動を形成しているから、感じ取れないと人間らしく動けないんだ。だから時々、その場に相応しくない反応をしてしまう」

「でも、アルヴィンさんは、今まで普通にお客さんに対応していらっしゃって……表情も変えていらっしゃるじゃないですか」

「ローザに評価してもらえるのなら、僕の表情作りも上達したね。前はセオドアに『その鉄面皮をどうにかしろ』とよく言われたものだよ。その場に相応しい表情……というのがわからなくて動かすのを忘れてしまうんだ。とりあえず微笑んでいれば良いと気付いてからは、気味悪がられにくくなった」

理解の範疇を超えた話に、ローザは絶句しながらも、納得してしまった。

フェリシアへ、ポジーホルダーを返すだけで終わらせようとしたときの淡泊さも。

エミリーの言葉をそのまま受け取り、レプラコーンの宝箱を持ち帰ろうとしたのも。

そして、ジェシカを追い詰めるときに見せた、非情で冷酷な姿も。

彼女らの想いが理解ができず、興味を持てなかったからなのだ。感情という手がかりがないから想像力も働かず、他人の快不快を、自分に置き換えて考えられない。

だから彼は、人の痛みと悲しみに、ひどく鈍感になる。

「感情がわからないと意外と困るから、今は相手の表情と声の響きで何を感じているか類推している。僕自身は今嬉しいのか、悲しいのか、楽しいのか怒っているのか、感じられない。僕の心があったはずの部分は、からっぽなんだ」

言葉を切ったアルヴィンは、ローザに向けて微笑んだ。

「だからね。今君がどうして、痛みを覚えた顔をしているかわからないんだ」

「……っ」

息を呑むローザを、アルヴィンは興味深そうにまじまじと見つめる。

「セオドアにこの話をしたときは、顔が怒っていた。『荒唐無稽な話だが、お前が非礼な理由がわかった』と言ってね。だから怒らせるようなことなのだろうと考えていたけど、君は違った。まだまだ感情は難しいなあ」

もういつも通りのアルヴィンに、ローザの心は動揺に揺れていたが、こくりと唾を飲み込んだ。

「アルヴィンさんは、以前、妖精と会いたいと言われておりましたが、感情を取り戻すためですか」

「おや、君は信じてくれるのかい」

妖精のような彼が、暗闇の中で驚いたように銀灰の瞳を見開くのを感じる。

「嘘を言っているようには、感じられません」

「そうか、君みたいな子をよい子と言うのだろうね」

アルヴィンは困ったようにするだけで、問いには答えようとはしなかった。

「アルヴィンさ……ッ」

諦めきれないローザが言葉を重ねようとしたとき、彼の手のひらで口を塞がれた。

突然の行為にどくんと心臓が強く鳴る。

硬直すると、声を落としたアルヴィンがささやきかけてきた。

「声が聞こえないか」

その声で、当初の目的を思い出したローザは耳を澄ませる。

しんと静まりかえっていたはずの使用人室に、ささやかな音が混ざっていた。

微かだったが、すすり泣くようにも、言い争う声のようにも聞こえて、ローザはひっと息を呑む。

「き、きこ、えます……やっぱり何かいるのでしょうか……!?」

震えて縮こまるローザの傍らで耳を澄ませていたアルヴィンは、すっと立ち上がった。

「アルヴィンさん!?」

「僕の予想が当たっていれば……」

彼がランプを片手にそっと歩いていったのは、壁際だった。

アルヴィンを追いかけたローザだったが、微かな音が鮮明になりそれ以上近づけずに立ち止まる。しかし、アルヴィンは恐怖を感じていないようだ。壁際まで進むと、こちらを振り向き、唇に人差し指を当てながらも、ローザを手招いた。

泣きそうになりながらも近づいていくと、アルヴィンがランプで照らしたのは伝声管だ。

その一つから、確かにすすり泣きが聞こえる。

驚いてアルヴィンを見ると、彼は恐れず伝声管へ耳を当てる。しばらく聞いていたが、耳を離すと、伝声管の口を塞いで小声で話しかけてきた。

「伝声管は表に繋がっている物は外されていても、そうでない場所のものは残されている。この向こうにいる人物の泣き声が、伝声管を通して聞こえていたんだ。執事や家政婦はこのことを知っていたから『泣くだけなら問題ない』と言っていたのだろうね」

「どうして、でしょう」

「伝声管がつながる場所は、おそらく使用人達がこっそりと仕事の辛さを吐き出す場所につながっているんだ。あると気付かない部分に伝声管が設置されているのだろうね。この気持ちは、ローザのほうがわかるんじゃないかな」

はじめは意味がわからなかったローザだったが、付け足された説明で思い至る。

「一人で泣ける場所として、密かに使われているということですか。だから、気味悪くても積極的には探されなかった？」

使用人の仕事は、いくら主人に恵まれようと過酷で、軋轢も多い。耐えきれずに雲隠れするように逃げ出す者もいると聞く。そんな思いを抱えた者達が、辛さをそっと吐き出す場所として利用されていたのなら納得だ。辛さは自分で乗り越えるしかないのだから、せめて安息の場を黙認するために、執事や家政婦は聞こえなかったふりをしていたのだろう。

「ただ、今回は仕事が辛かっただけでもなさそうだ」

「？」

「では、バン・シーに会いに行こうか」

アルヴィンは、伝声管の上に付けられている文字がかすれたラベルを指さす。

そこには「離れ」と書かれていた。


アルヴィンはあらかじめ、使用人に離れへの行き方を聞いていた。

屋敷の一階にある階段から通じる地下通路を通り、扉を静かに開けると、女性の泣き声が鮮明に響いた。

「うぅ……ひっく……っふ……あぁぁ……」

聞いているローザも胸が痛くなるような、悲痛な慟哭だ。

離れは倉庫になっていたらしく、扉付近には、所狭しと荷物が置かれている。

アルヴィンの持つランプで照らしながら足を踏み入れると、その光に気付いたのだろう、ひゅっと息を呑む声が響いた。

「だ、だれっ」

ローザはその声に聞き覚えがあった。アルヴィンが荷物の陰を照らすと、そこにうずくまっていたのは、ジェシカのメイド、アメリアだ。

まぶしげに目を細める彼女の頬は、涙に濡れている。後ろには荷物で隠れていたが、よくよく観察すると伝声管の通話口があった。

明るさに目が慣れたアメリアが、アルヴィンとローザを視認して驚愕を浮かべる。

「あ、あんたら、な、んでここに」

「こんばんは、アメリアさん。僕としてはとても残念だけど、君がバン・シーの正体だ」

朗らかにアルヴィンが告げると、彼女はすべてに思い至ったらしい。逃げ場を探そうと左右に視線をやるが、袋小路になっており逃げ場はない。

ローザは意を決して、アメリアに声をかけた。

「アメリアさん、どうして泣いていらっしゃったのですか。バン・シーの噂が広まるくらいには、こちらで過ごされていたのですよね」

「関係ねえだろ、ほっとけよ!」

乱雑な口ぶりで吐き捨てるかたくななアメリアに、ローザは途方に暮れる。

しかし、アルヴィンは微笑みを浮かべて告げたのだ。

「僕達は、バン・シーが出てこないようにするのが目的だから、見逃すことはできないんだ。ところで、君は強盗の引き込み役だね。決行はいつだろうか」

ランプに照らされたアメリアの顔が、明らかに強ばる。

否定を口にしかけたアメリアに、アルヴィンは畳みかけるように続けた。

「伝声管から断片的に聞いていたから、勝手に話そう。実はね、最近裕福な中上流階級の屋敷にある、アンティークを狙う強盗が横行しているんだ。今ではなかなか出ない大粒の宝石が使われている宝飾類や、現在では再現不可能な金細工が被害の中心でね。この屋敷には二つともそろっていて、目を付けるにはちょうど良い」

「そ、それでなんでアタシだって……」

「その強盗団は実に用意周到でね。手口としては、目を付けた屋敷にフットマンとして潜り込むか、あるいは息のかかったメイドを送り込むらしい。準備期間は数ヵ月から半年。被害に遭った屋敷では、見知らぬ使用人の目撃情報があったり、屋敷では強盗があった後に、突然やめるメイドやフットマンがいるそうだ。しかもやめた使用人達の来歴を当たると、人物証明書がでたらめで足跡も追えない」

　アメリアの顔色がみるみる悪くなっていく。

「僕は君の口から、『半年前に雇われた』と教えてもらった。ちょうど、強盗が流行り始めた頃と重なる。使用人が目撃した見知らぬ人影も、強盗の下見だとすればつじつまが合うんだ。人物証明書を調べれば、君のものが偽りだとすぐわかる。……ただ、涙は何か耐えらないことがある時に流れるものだ。強盗の一味なら、分け前がもらえるはずなのに、なぜ泣いているのかな」

「こんなになるなんて思わなかったんだよ！」

悲鳴のようにアメリアは叫んだ。涙に濡れた頬は痛みを訴えてきていた。

「だってっ……はじめは人物証明書を書いてやるって、言われただけなんだ。アタシは、イーストエンド生まれで、まともな仕事にはつけねえ。どぶさらいよりずっとイイ仕事がやれる、アタシは見てくれが良いから大丈夫って言われて、ほんとにメイドになれた。けど少しして、屋敷の間取りとか、旦那様の予定とか、金庫のありかとか教えろって言われて……断ったら偽物だってばらすって……誰かに言ったら……っ」

「アメリアさん……」

恐怖で言葉に詰まる彼女に対しローザは、名前を呼ぶことしかできなかった。

思い出したのはミーシアが話してくれた「メイドとして雇い人物証明書を書いてくれる人物」の噂だ。おそらくアメリアが遭遇したのは、くだんの噂の人物だったのだろう。

だが、ローザには彼女の気持ちが理解できてしまう。

イーストエンドは、貧困地区の代表格だ。綺麗な仕事ができることなんてない。子供は日曜学校に行く前に、スリの技術や物乞いのすべを学ぶ。生まれだけで差別され、偏見の目を向けられるのだ。

裕福な家に勤めれば、それだけで自分の身分も保証される。アメリアが飛びついたのは仕方のないことだっただろう。だがそのせいで彼女は雁字搦めになってしまったのだ。

「仕事は大変だけど、ほんとに勤めれて良かったって思ってんだ。自分と全然違う人種だと思ってたのに、ジェシカ様は何度も馬鹿にされて悔しくてもあいつらと付き合うしかなくて、アタシが嫌で逃げたこととおんなじで……。なのに、アタシが一生懸命働けば褒めてくれた。傲慢さなんてなんもない、自分と同じ人間だった！」

アメリアはしゃくり上げながら慟哭する。

「けど、人物証明書を偽造したアタシの言葉なんて、信じてくれるわけねえ。強盗は明日には来ちまうのに。アタシ、もうどうしたらいいか、わかんねえ。どうしたら……」

「アメリア、そこにいるの？」

背後からした震える声にローザとアルヴィンは振り向く。

地下通路の入り口には、ナイトガウン姿のジェシカが佇(たたず)んでいた。

彼女はランプを持っていない。つまりは明かりもなしに追いかけてきたのだ。

ランプの明かりに目を細めているジェシカに、アルヴィンは声をかけた。

「おや、付いてきたのかい」

「わたしは、アメリアを探していて、そうしたらあなた達が妙な方向へ行くのを見つけたから……。でも、なんでアメリアがいるの」

「それは、彼女がバン・シーの正体でね……」

アルヴィンが語ろうとした矢先、アメリアが鼻で笑った。

ローザが見ると、彼女は今までの悲壮さなど嘘のようにふてぶてしい顔をする。

「ここでしてた強盗仲間との相談を聞かれちまったんだ。明日には仕事が終わるはずだったのにツイてねぇよ」

「……っうそ」

「うそじゃねぇ！　お宝を狙って、仲間が明日忍び込むはずだったんだ！」

ジェシカが青ざめて一歩後ずさると、立ち上がったアメリアがあざ笑う。

「アタシは労働者階級（ワーキングクラス）の出身だよ。人物証明書を偽造して、強盗を引き込むためにこの屋敷に入ったんだ。近くに犯罪者がいたって気付かねぇ、おかわいそうなお嬢様！　これに懲りてそばに置く人間は選ぶんだな！」

言い切ったアメリアに、ジェシカは顔を赤くして駆け寄ると、手を振り上げる。

だが、振り下ろされることなく、激情を抑えるように唇を嚙（か）み締（し）めたジェシカはアルヴィンを振り返った。

「パパに、知らせてくるわ。強盗が入るんなら、放っておけないもの。ホワイトさん、見張っててくれる？」

「構わないよ」

アルヴィンの了承を聞くなり、ジェシカはきびすを返す。

彼女の後ろ姿を見送るアメリアの表情に、諦めと共に安堵（あんど）が広がった。

ローザは、彼女が何を考えたのか理解してしまった。青薔薇骨董店（ブルーローズアンティーク）に協力を求めた時のコリンと一緒だ。真実を話したとしても、嘘をついたと罵られ切り捨てられる。説明するだけ無駄で、早く解放されるために、身分の違う人々が納得できる理由を作った。労働者階級出身の人間にとって、骨の髄にまで染みついた感覚だ。

アメリアは、信じてもらうことを諦めたのだ。

だが、同時にローザの脳裏によぎるのは、日中のアメリアだった。

ジェシカを迎えに行く前、アメリアはジェシカを案じていた。おずおずとローザにジェシカのことを話そうとしていたのだ。

背を向けるジェシカが離れていく。アメリアはうなだれるばかりだ。

ローザはもう、耐えきれなかった。

「アメリアさん、それは嘘ですよね」

突き動かされるような衝動のまま、ローザが声を上げると、ジェシカが止まる。

見送るばかりだったアメリアは、気色ばんでローザに詰め寄った。

「そ、そんなわけねえだろっ！　さっき言ったことを信じてんなら、同情で逃がしてもらおうと……」

「ちがいますっ。アメリアさんは自分が捕まることよりも、ジェシカ様とお屋敷の安全を選んだのでしょう？　だって、日中アメリアさんはジェシカ様をかばわれていたではありませんか！　なにより、わたし達に話してくださった時の涙は、嘘ではなかった！」

彼女の慟哭は、ローザの心を痛いほど揺さぶったのだ。

アメリアに言い返したローザは、入り口で立ち尽くすジェシカに向き直る。

そして震えかける声を絞り出して話しかけた。

「アメリアさんは、偽造した人物証明書を使いましたが、脅されて引き込み役にされたそうなんです。お屋敷を危険にさらしてしまうと、ずっと悩んで今も泣いていました」

「黙ってくれ！　アタシは分け前のために……」

「ジェシカ様、アメリアさんを信じていただけませんか。アメリアさんはジェシカ様を慕っています。その想いは本物です」

ローザはアメリアが真っ先にジェシカをいたわりに走った姿も、アルヴィンの言葉に本気で怒っていたのも見た。ジェシカをいたわっていたときに見せた罪悪感は、きっと彼女をだまし続けていた苦しみからだったのだろう。

なにより先ほどのアメリアの言葉は、本心から出た言葉だと信じたいのだ。

「アメリアさんは、ジェシカ様を守るために嘘をついているのですっ」

ジェシカは、理解ができないとばかりにローザを凝視する。

「なんで、そこまで必死になるの。わたしはあなたを侮辱して、おとしめたのよ。あれだけされて、なんでわたしとアメリアをかばおうとするの」

どうしてか。今だってジェシカを前にするだけで、彼女に罵られた記憶を思い出して、体がすくむのに。

だが、今は言葉に詰まりながらも、返答できる。罵られた当時よりは怖くない。

ローザはちらりと、驚きのせいか立ち尽くしているアルヴィンを見た。

彼が居るから、ローザは顔を上げられていられる。そのおかげで、再会してからずっと、ジェシカの表情を観察できた。

だから、気付いたのだ。

「あなたは、わたしに強い言葉を投げ付けるとき、自分が痛い顔をしていました。だから、思ったのです。一番罵りたいのは、自分自身なのだろうな、と」

まるで、ローザを虐げることで、自分を罰しているようだった。

役立たずなのは自分。服でどんなに取り繕っても、みすぼらしいのは自分。

家の格を下げてしまうのは、自分。

青薔薇に来た当初のローザもまた、同じようなことを考え、打ちのめされていたから、ジェシカの痛みは手に取るようにわかった。

だが同時に、ローザが受けた痛みはなかったことにならないのだ。アルヴィンがジェシカに言い返してくれた通り。

今のローザは自分が不当に扱われ傷ついたと理解していて、……なにより、言い返せず悔しかったと気付いている。

「ジェシカ様にロケットを取り上げられたとき、わたしは自分に自信が持てなかった。仕方がない、自分が悪いと諦めてしまいました。だからブラウニーではないとあなたに……みなに言い返せなかった」

だが、アルヴィンに尊重されて、心が癒やされていくことで感じられるようになった。仕方なくない。ジェシカに同情の余地があったとしても、自分がうつむく必要はない。だから、ローザはしっかりと背筋を伸ばし、ジェシカとまっすぐ視線を合わせた。

「ですが、今はもう、きちんと言います。わたしはブラウニーではありません。わたしを侮辱して陥れたジェシカ様を許しません。……――それでも、だからといって、想いが伝えられるのに、伝わらないのは悲しいです！」

ローザに注目する三人が一様に驚きを浮かべる。

ジェシカが息を呑んで凝視する眼差しからも、目をそらさず、ローザは意志を持って彼女を見つめた。

心が熱い。伝えなければ、という衝動が心に火を灯しているようだった。

「あなたは、どうされたいのですか！」

＊

ジェシカ・トンプソンの記憶は、父の経営するクリーニング店の作業室から始まる。

広々とした室内には、大量に積まれた汚れた洗濯物とぐらぐら煮立った大鍋がいくつも並ぶ。その前で従業員が汗を流し、時折歌いながらどんどん汚れを綺麗にしていくのだ。外には縦横無尽に洗濯縄が張り巡らされ、洗い立ての服がずらりと干されて風になびいていた。

ジェシカは、その衣服の間を走るのが大好きだった。いつか自分もあの作業室で洗濯をするのだと思っていたのだ。

だが父の経営がうまくいき、あっという間に生活が良くなったことで、周囲から令嬢らしく振る舞うことを求められた。そのくせ、どんなにうまく振る舞おうと、令嬢達はジェシカを仲間外れにして認めない。

そう、だから、明るく洗濯が好きだと語ったローザがまぶしかったのだ。

まさに自分が言いたかった言葉を、口にした彼女に嫉妬した。

自分の醜さは、取り返しが付かない。

ただ、ローザが自信を失いうつむいたことで、自分がブラウニーと呼ばれることも、仕方がないと諦めがついた。目の前が真っ暗になる心地になったとしても、奇妙な安堵も覚えたのだ。

しかし、今、目の前にいる彼女は以前と違った。

ジェシカは気圧されて一歩、後ずさる。

普段のジェシカが着ているものとなんら遜色のない青いドレスを身にまとい、背筋を伸ばし、不思議な青の瞳で、まっすぐジェシカを見つめている。

今のローザはどんな人間が見たとしても、ブラウニーだなどと言わないだろう。ジェシカがまさに焦がれ続けたように堂々と振る舞い、許さないと語り、その上で、ジェシカの想いを問いかけてくる。

なんて、まぶしいのだろう。なんてうらやましいのだろう。

こうして、自分も語りたかった。

今まで諦め続けた想いが膨れ上がり、ジェシカは顔をゆがめて叫んだ。

「わたしだって、うつむきたくなかった……！」

紛れもなく、ジェシカの本音だった。

「わたしは洗濯が好きよ。手間をかければ綺麗になってくシーツも、洗濯物がはためく景色も好き。汗を流しながら、鍋をかき混ぜる従業員は尊敬してた。でも今は、それを恥ずかしく思わなきゃいけないの。そうじゃなくちゃ仲間外れになっちゃうのよ！」

抑え込んでいた剝き出しの言葉が、どんどんあふれ出していく。

「自分のことだけ考えていれば良い子供のままで居たかった。嫌で嫌でたまらない気持ちに寄り添ってくれたのは、アメリアだけだったのっ」

父は困ったような態度で見るだけで、他の使用人も荒れるジェシカに近づかない。そんな中、新しく入ったアメリアだけは、ただ寄り添ってくれた。

疲れれば当たり前に気遣ってくれて、花が綺麗に咲いていたと他愛なく話してくれた。こっそりと、お茶に出たお菓子を分け合って食べて笑い合い、どうしようもない気持ちの時には、夜通し話を聞いてくれた。彼女の方がずっと早く起きるのに。

使用人だからといわれればそれまでだ。それでも確かに、ジェシカにとってアメリアは心の支えだったのだ。だから彼女の告白に足下の地面がなくなるような衝撃を受けた。

ジェシカは拳を握りしめて、アメリアを振り向く。

今日会ったばかりのローザよりも、己の方がずっとアメリアのことをよく知っている。

自分が信じなくて、どうするのだ。

血を吐くように吐露をしたジェシカは、息を呑むアメリアに近づいていく。

「あなたの本当なんて、わかんない。だってわたしは卑怯者(ひきょうもの)なの。でも、卑怯者のわたしに、寄り添ってくれた。否定しないでくれた。苦しい気持ちを馬鹿にしないでくれた。わたしにはそれで充分だったの」

ジェシカは、立ち尽くすアメリアの手を取る。

この手を離せば、アメリアは簡単にジェシカの人生から居なくなる。そう、ドレス一枚で、ローザが解雇されたのと同じように。

ジェシカは逃げていこうとするアメリアの手をぐっと握り込んで、見つめ返す。

「でも、自分のことで手一杯で、あなたが苦しんでいることに気付かなかった。嫌でたまらなくても、だからって今の立場から目を背けちゃいけなかった」

ローザの時だって、解雇まで追い込むつもりなんてなかった。ほんのちょっと、うさを晴らせれば充分だったのに、周囲の大人達はあっという間にローザを追い出した。そこまでするつもりはなかったと言えない状況の恐ろしさは身に染みていたはずなのに、また間違えかけた。

ジェシカはローザの時の後悔と恐怖を思い出し、唇を引き結ぶ。幼い頃と、同じ感覚でいてはいけない。今の自分は、人一人の人生を左右できる立場にいる。

転じれば、今なら守れるのだ。

「ジェシカ様……なんで」

呆然（ぼうぜん）とするアメリアに、ジェシカは涙をためた瞳で、ぎこちなく笑ってみせた。

「あなたがわたしにしてくれた分を返すためよ。だから、あなたの口から、もう一度、話を聞かせて」

涙ぐむアメリアは大きく喘（あえ）ぐように呼吸をした。ジェシカは握った彼女の手が震えているのを感じながらも、じっとアメリアの言葉を待つ。

「……しんじて、もらえねえかも、しれねえんです」

いつもの詰まる敬語とは違う、蓮っ葉な物言いが、小さく頼りない声で紡がれた。

「人物、証明書、は、偽もんで。ほんとは、イーストエンドの生まれで。いま、まで、証明書を用意した、人の、言うまま、屋敷の話を、しちゃったんです……！」

「うん」

「でもっ、ずっと脅されてて！　このトンプソン邸が好きで、ジェシカ様にお仕えしてえんですっ！　ほんとは屋敷のことだって話したくなかったっ。けど、従わねえんなら、証明書が偽もんってばらすって、じゃなきゃ殺すって……っ」

　ここまで、追い詰めたのは自分だ。とジェシカは思った。彼女は時折沈み込んでいる様子だったのに、聞かなかった。そして、そこまで信頼されていなかった己の責任である。目を背けて、自分は悪くないと言い聞かせ続けて、逃げてきたつけが目の前にある。手放すことは簡単で、握り続ける方が難しい。今ですら揺らいでいる。

たった一言が、重い。

けれど、ジェシカは心の底から、想いを込めて口にした。

「うん、信じるわ」

とたん、アメリアは顔をくしゃくしゃにしながら泣き崩れた。

「ごめんなさいっ……ごめんなさいジェシカ様っ……」

アメリアの手を握ったまま、ジェシカは跪いて彼女の体を抱きしめた。体が怒りで煮えたぎるように熱い。それはアメリアを不当に扱い利用した者達に対しての怒りだ。

何をしてでも守らねばならない。

ジェシカは彼女の主で、守れるのは自分しかいないのだ。

怯えそうになる心を叱咤して、ジェシカは今も悠然と佇む銀の青年を見上げた。

彼の言う通り、令嬢達と同じ過ちを犯したことは、ジェシカが背負うべき罪だ。

それでも、唯一の友であり、大事な使用人を失わないために、希わなければならない。

「ホワイト様、エブリンさん。強盗の話をパパに信じてもらいながら、アメリアが捕まらないようにできないですか。強盗に怯えただけとか、そんな風に語って」

「……おや、ずいぶんな方向転換だね」

アルヴィンがいつもの微笑みを消すと、顔立ちの美しさが際立つ。

だからこそ、何を考えているかわからない底知れなさを帯びた。

はじめの印象通り妖精のように美しくて、冷酷で得体の知れない恐ろしい人だった。

エルギス正教の教えに出てくる悪魔というのが本当に居るのなら、このような姿をしているのかもしれない。

だが、ジェシカだけでは、アメリアを守れない。

ジェシカはアメリアから一旦手を離すと、彼とローザへ向けて頭を下げた。

「今までの、非礼は心から謝罪します。だから、どうかお願いします。わたしに仕えてくれたこの子に報いたいの。わたしが、そばに置くのはこの子がいい」

「ジェシカ様……っアタシなんかのためにやめてくれっ」

頭を下げるジェシカに、アメリアが動揺してすがる。

謝ることも、頭を下げることも、令嬢達に向けて何度もしてきた。

そのたびに、心が惨めな気持ちで塗りつぶされたが、今は違う。

これは、アメリアを守るための行動だ。自分にはそれができる。

アルヴィンはなにも語らない。息が詰まりそうな沈黙の中でも、ジェシカが必死に頭を下げ続けていると、視界の端で青のドレスが翻る。

「アルヴィンさん、わたしからもどうかお願いします」

驚いて顔を上げてしまうと、ローザが必死にアルヴィンに訴えかけていた。

ああ、本当に、ジェシカとアメリアのために語ってくれたのだ。

涙で滲む視界の中で、ジェシカはふとローザの瞳に視線が吸い寄せられる。

暗がりで見えにくいが、確かに色が……と思った矢先、不思議そうに目を瞬いていたアルヴィンが微笑んだ。

「君の瞳が見られたことだし、ローザが気にしないのなら、いいよ。……――では、バン・シーを呼び出そうか」

「え……？」

その場の全員が呆然とする中で、唯一平然とするアルヴィンは朗らかに言ったのだ。

「この世に残っているかもしれない、神秘のひとかけらを信じてもらうんだよ」

そう、言い放った銀の青年は、子供のように無邪気だった。

＊

トンプソン邸を訪問してから四日後。

ローザが青薔薇（ブルーローズ）に出勤すると、興奮した様子のクレアがアルヴィンに向けて新聞を指し示していた。

「アルヴィンさん、アルヴィンさん！　グリフィスさんが大手柄ですよ！　最近お屋敷を中心に犯行をしていた強盗団が捕まったって！」

「へえ、それはすごいねえ」

アルヴィンはティーカップを傾けながらいつも通り応じるが、クレアは構わず続ける。

「ほらほらここ『トンプソンクリーニング社の社長、トンプソン氏の邸宅に忍び込んだ強盗団を、待ち構えていたグリフィス警部率いる警察隊が捕縛』って！　グリフィスさんのお顔まで載っていますよ。高価なアンティークばかりを狙っていたそうだから、一安心ですね。……あら、ローザさんおはようっ」

「おはようございます。新聞、見せていただけますか」

ローザがお願いすると、クレアは快く応じてくれる。

そこには、予想通りトンプソン邸での捕り物が記事として載っていた。

セオドアの厳めしい顔が挿絵にある。記事には、一昨日未明に忍び込んできた強盗団を、トンプソン邸に張り込んでいたセオドア率いる警察隊が捕縛したと記述されている。

強盗団は一人を除き全員が捕まり、余罪の追及が待たれるという。高級住宅街ブルックフィールドでの犯行や、半年前にあった銀行家の強盗殺人事件など、犯行の凶悪性から極刑は免れないだろうという強い語調だ。

なぜトンプソン邸が狙われるとわかったか、グリフィス警部は「捜査上の機密だ」と答えている。ただ使用人が「青薔薇骨董店のおかげだ」と証言しているとも書かれていた。

ローザが隅々まで記事を読んでも、アメリアのことは全く表に出ていない。

ほっとしたローザの隣から、新聞を覗き込んだクレアは首をかしげる。

「しかも、こちらの店まで載っているなんて、アルヴィンさんいつの間に貢献されていたんですか？」

「いいや、だいたいセオドアのおかげだよ」

アルヴィンはそう答えるが、そんなことはないとローザは知っている。

あのトンプソン邸での夜、アルヴィンが立てた計画はごく単純だった。

早朝、使用人達が起き出してくるぎりぎりの時間に、ローザが伝声管に向けて、すすり泣きを吹き込む。そしてアメリアが話してくれた強盗団の計画を語ったのだ。

ずっとすすり泣きや不審な人物の目撃情報によって、不安に陥っていた使用人達はたちまち恐慌状態になった。

使用した伝声管は離れのものだ。使用人の混乱を縫うように、ローザはあてがわれた客室に戻り、アルヴィンと別行動を装う。そして、アルヴィンは巧みな話術によって、トンプソン邸の人々に、警察を呼ぶように仕向けたのだった。

電報で急遽呼びつけられたセオドアだったが、アルヴィンの話を聞くと、即座に裏から応援を呼び寄せて、警備体制を整えた。

「悔しいがアルヴィンが言うからには、必ずその通りになる。結果は今夜わかるだろう」

どこか複雑そうにセオドアが語った結果が、今日の新聞の記事なのだ。

骨董店での勤務中に、客がいない頃合いを見つけてローザはアルヴィンに訊ねた。

「どうして新聞にアメリアさんの話が出てこなかったんですか」

「セオドアにだけは話しておいたからね。彼は口が堅いから、アメリアの話を含めて、捕縛の計画を立ててくれたよ。ただ新聞の書きぶりからすると、もしかしたら近々……」

アルヴィンがそこまでしていたとは知らなかった。

ローザがぽかんとすると、眉を寄せて悩む風だったアルヴィンが顔を上げ、ローザの胸元に視線を向けた。

「今日もロケットを下げているんだね」

「はい、このお店の中だったら、気にしなくて大丈夫ですから」

ローザは今でも手元にあることを信じられなかったが、ロケットは確かに胸に下がっている。ローザ達がトンプソン邸を後にする間際に、ジェシカが返してくれたのだ。

脳裏には、自然と別れ際のジェシカの姿が浮かんでくる。

見送りに現れたジェシカは、さんざん迷う様子を見せながらローザに呼びかけた。

『その、エブリン、さん』

彼女に正面から呼ばれた名前の響きは、不思議な心地だった。

『わたしは、これからも胸に全部刻んでいくわ。あなたのことも』

そう語ったジェシカは、ビロードの布袋を取り出して、ローザに差し出した。

息を呑んだローザは逸る気持ちを抑えて中身を確認すると、手に落ちてきたのは、表面にトカゲのような爬虫類が彫金されたロケットだ。表面には傷はもちろん、くすみもなく、手放した時そのままに美しい状態を保っている。

大ぶりな本体を両手で持ちふたを開くと、なめらかな鏡面があり、ローザの青い瞳が見返してきている。胸の内に安堵(あんど)が広がったけれど、約束した解決はまだなのに、なぜ返してくれるのか。

ローザの戸惑いがわかったのだろう、ジェシカは苦く笑った。

『元々、あなたに返さなきゃいけないもんなんだから。当然でしょ』

きゅ、とローザは両手で包むようにロケットを握りしめる。

ジェシカの顔は痛みを覚えたようにゆがむが、ためらった後に口を開いた。

『あなたとは違って、わたしはまだブラウニーから抜け出せないわ。パパの事業が軌道に乗っている限りは、ずっとつきまとう』

ジェシカの言葉は諦観だったが、しかしどこかすっきりしていた。

『でも、パパの仕事が嫌いなわけじゃない。だから、洗濯屋の娘の自分も、誇れるようになる。わたしの過ちは、許されていないと忘れない』

穏やかな面持ちで答えた彼女は、凜(りん)と美しく思えた。

そうして、ロケットはローザの元に戻ったが、しまい込むのも抵抗があり、身につけていたのだ。

すると、アルヴィンがローザへ言ってくる。

「良ければ、少しロケットを見せてもらえるかな」

「もちろん構いません。価値としては、大したものではないでしょうが……」

ローザがロケットを首から外して渡すと、アルヴィンはまずは作業場で拡大鏡を手に取ると、自然光の入る窓へ向かった。

ランプのほうが明るいが、色味を確認するためには自然光のほうがよいのだと、ローザはアルヴィンから教わった。

晴れた日差しに照らされたロケットは、いっそう艶を帯びて見える。

表情を真剣に引き締めたアルヴィンは、拡大鏡を通してじっと覗き込む。

「ロケットとしては、少々大ぶりな作りだね。素材はおそらく、純度の高い金だ。ホールマークの刻印は見当たらないけれど、この鮮やかなオレンジ色からすると、十八金にはなる。……表面の彫りが本当に細かい。良い職人が丹精込めて作ったのだろうね」

じっくりと観察するアルヴィンにそう評され、ローザは思いがけないロケットの価値を知り、むずがゆいような嬉しさを覚える。生活が苦しくとも、母はロケットを手放すことはなかった。母の大切な物を取り戻せて良かったと改めて感じた。

「クローズドセット、裏側から光が入らない構造になっているけれど、爬虫類の目に嵌まっているのはおそらく宝石だ」

「そうなのですか!?」

「小さいけどね。種類まで特定するのは難しいけれど、石自体の色味に少々濁りがある。硝子を使っていたらもっと透明感があるだろう。……光の屈折からして、ルビーかな」

ルビーといえば、ローザでも知っている貴石だ。

まさか、ずっと見ていたロケットに、そのような高価なものが使われていたとは。

驚くローザの前で、アルヴィンがロケットのふたを開けた。

中には相変わらず傷一つない鏡面がある。

「この構造だとミニアチュール、肖像画が入っていてもおかしくないのに、興味深いね。身だしなみ用としても小さいし、このトカゲも、背中にある波のような飾りが変わっているから気になる。ジェシカの見たバン・シーの影の正体も気になる部分があるし……」

アルヴィンは作業場に戻ってランプの明かりを点けると、角度を変えながら観察する。

彼の美しい横顔を、ローザは見つめた。

トンプソン邸での夜、アルヴィンが語った話は、胸に焼き付いている。

彼は感情を抱くことが難しいのだと、まざまざと理解した。

ローザは、ジェシカとアメリアを追い詰めるアルヴィンを怖いと感じてしまった。

以前に忠告してくれたセオドアは、アルヴィンが悪意なく、平気で人を傷つけられるのだと、言いたかったのだろう。

セオドアの警告を、ローザはどう受け止めるか、まだ答えを出せないでいたのだ。

わからないことといえばもう一つあったと、ローザは彼に問いかけた。

「そういえば、なのですが。どうしてバン・シーがいると嘘をつくことを提案されたのですか？　本物の妖精に会いたいのに」

顔を上げたアルヴィンは、いつも通りの声音でごく気楽に答えた。

「嘘をついたつもりはないよ。なぜならあの時のアメリアは、確かにトンプソン邸の守護霊。バン・シーだったのだから」

彼の語る言葉がいまいち理解できずにいると、アルヴィンは顔をこちらに向けた。

「以前、昆虫の羽を持つ妖精は創作だ、という話をしたのを覚えているかな。君が言うように本物だけを求めるのなら、この店に仕入れない方がずっと良い」

「はい、確かに」

頷いたローザだったが、そういえばと青薔薇の店内を見回した。フィギュリンは羽のあるものばかりだし、絵画では可愛らしく美しい想像上の妖精達が戯れている。

むしろ混在していると言って良いだろう。

ローザがアルヴィンに視線を戻すと、彼は続けた。

「けれどね、世の中にはこの花の妖精達が息づいている。たとえ世間の人々が本当にいるとは信じていなくても、愛すべき妖精なんだよ。だから僕は否定しない」

唄うように語るアルヴィンだったが、あ、と気付いたような声をあげる。

「そうだ、バン・シーの話だったね。バン・シーの特長は、毎夜女の声ですすり泣き、家の不幸を知らせる、家にゆかりのある女性の霊だ。トンプソン邸で死人は出ていないけれど、トンプソン邸を想って泣いていたアメリアは、間違いなくバン・シーの役割を果たした。だから僕はトンプソン邸で起きた現象をバン・シーとして構わないと思ったんだ」

ふと、アルヴィンは手の中にあるロケットに目を向けて表情を緩ませる。

「それに、ローザのロケットも取り返せたしね。——ああ、やはり」

アルヴィンが、開いたままのロケットを見つめて目を見開く。

息を吞んだローザも口を開こうとした矢先、ドアのベルが鳴り来客を知らせた。

会話は中断してしまったが、ローザの心にざわめきが残ったのだった。

新聞に店のことが載った影響か、そのまま客は途切れず閉店を迎えた。

「ずいぶん品物が売れてしまったね。明日は新しく商品を出したほうが良さそうだ」

「でしたら、空いた部分を掃除してから帰りましょうか？」

ローザが提案すると、すっきりとしてしまった店内を前に思案するアルヴィンは、意外にも首を横に振った。

「いいや、今夜は騒ぎがありそうだから明日にしよう。店はそのままで良いからローザは早めにお帰り」

「そう、ですか？　わかりました。明日の朝にいたします」

「うん。僕は二階へ上がっているよ」

　どんな騒ぎがあるというのだろう。祭りなどはなかったはずだが。不思議に思いながらもローザは、アルヴィンと別れてバックヤードに戻る。

　いつもの服に着替えエプロンをつけたローザは、掃除道具を持って店舗に戻った。

　仕事着ではあったが、さすがに終わりの掃除を青のドレスでするわけにはいかない。

　青のドレスも普段着と変わらないと言われたが、やはり大事に着たいため着替えてからの掃除を習慣にしていた。

　アルヴィンには早く帰るよう促されたが、日常の掃除だけは済ませたい。扉の表に「閉店」の札を下げ、大きなショーウィンドウから中が見えないよう、カーテンを閉める。そこまでしてからテキパキと埃（ほこり）を掃き、モップをかけ、品物を整えていく。

　妖精はいつだって美しく、絵画や陶器に描かれる花々はみずみずしく咲き誇っている。

　本物の妖精が紛れていないのが不思議なくらいだ。

「そういえば、エセルはどこにいるのかしら」

　普段はローザ用の一人がけソファの傍らにある、サイドテーブルで丸まっていることが多い。覗（のぞ）いてみると、クッションの上は空だった。どこか散歩に行っているのかもしれないが、店舗内にいたら閉じ込めてしまうことになる。

念のため、ローザはエセルの好みそうな隙間を探し始める。けれど、灰色の毛並みは見つからない。

思いのほか時間が経っていたようだ。手元が暗くなっていると気付き、帰らなければならないと思い出したローザは立ち上がろうとする。

カラン、とスズランのドアベルの音とともに表の扉が開いた。

もしや閉店の札が見えなかった客だろうか。骨董店だから、急ぎの客は今まで来たことはないが、妖精に関する事柄であれば、そういうこともあり得るかもしれない。

ひとまず話を聞こうと、何気なく顔を上げたローザは、すぐに硬直する。

表の扉から入ってきていたのは、おおよそ骨董店に似つかわしくない男達だった。

「え……!?」

まるで自宅のような気楽さで現れた男は全部で三人。道を歩いていそうなジャケットとズボン姿だったが、痛烈な違和となっているのは、棍棒やナイフなど、明らかに人を害する武器を持っていること。そして大きな鞄を提げていることだった。

「おお！　意外と上物がそろってんじゃねえか！」

ひょろりと背の高い男は、口笛を吹きそうな勢いで楽しげに語るなり、持っていた棍棒でショーケースの硝子を無造作に割った。

がしゃん、と悲鳴のような音がした。割れたショーケースから、男は適当に宝飾品を取り出す。

その様子を横目で見ていた一番身なりの良い男が、顔をしかめた。

「おい、あまり乱暴に扱うな。商品に傷が付いて価値が下がったらどうする」

「かっかすんじゃねえよ、てめえに頼まれたんだぜ？　とっとずらからなきゃいけねえんならちょっとは許せよ」

背の高い男は袋にしまい込みながら陽気に語る。もう一人の体格の良い男も、手近な銀器を中心に、小さくて持ち運びやすいものを片端から鞄に投げ込んでいた。

強盗だ。

ようやく悟ったローザは、叫ぼうと口を開こうとしたが、眼前にナイフを突きつけられて身をすくませた。

突きつけた男は、先ほど苦言を呈していた男だった。この三人組のリーダー格らしく、身体に沿った仕立ての良いスーツを身につけており、一見すると紳士にも思える。

だが目に宿るすさみきった色は、暗い闇を覗いている心地に陥るほど淀んでいた。

混乱で硬直するローザに、その男は訊ねた。

「この家のメイドか？　店主はどこに居るんだ」

「えっ……」

訳がわからず声をこぼすと、紳士風の男は傍らにあった陳列棚を蹴り飛ばした。

すさまじい音をさせて、飾られていたフィギュリンが床に落ちて割れる。

理不尽な暴力に頭が真っ白になるローザに、紳士風の男は怒りと憎しみを露わにした。

「たかが骨董屋の店主が俺の計画を台無しにしやがったんだ！　許さねえ！　あいつさえいなければ、盗みは成功したってのによ！　痛い目見せてぶっ殺してやる！」

口汚くわめき散らす男に、ローザは体の芯から震え上がるような恐怖に襲われる。だが、今日の朝に読んだ新聞の記事を思い出して気付いた。

この男達はセオドアに捕まった強盗団の残党だ。そしてアルヴィンと青薔薇へ復讐しに来たのだ。

紳士風の男はなぜかナイフを引くと、ローザに語る。

「だがなあ、俺はそんじょそこらの強盗団とは違って、紳士的で慈悲深さも併せ持っているのさ。欲の皮突っ張った金持ちどもから、少しばかり頂いて還元しているんだよ。お前だって、そんなぼろを着て居残りで仕事させられてんだ。金持ちとの不公平に思うことはあるだろう？　俺に店主の居場所を教えれば、意趣返しができるぜ」

男の甘い猫なで声に、ローザは唾を飲んだ。

「ま、仕事が終わるまでは、ここに居てもらうがな。うずくまって見ないふりをしていりゃ、危害は加えないと約束をしてやろう」

「お優しいねえ。その分だけ、店主をぶち殺すつもりなのによお」

体格の良い男がはやし立てるように言うと、紳士風の男は眉を上げて笑った。

「当たり前だろう。大陸に高飛びするにも、この屈辱だけは晴らしてからじゃねえとな。俺の名が廃るだろう？」

陽気に笑う男達の眼中に、一切ローザは入っていない。

当然だ。だってローザは対等な人と認識されておらず、きっと成人女性にすら見られていないのだから。

今のローザは普段着のワンピースで、良くて使用人だろう。

そもそも多勢に無勢だ。治安の良くない地区に住んでいたから、よくわかる。この強盗団は、暴力を振るうことに何らためらいを覚えない人種だ。少し気に障ることをしただけで、たちまちローザに矛先を向けるだろう。ましてや凶器を持っている男に、かなうわけがない。

大人しくしているのが正しい。うつむいていれば、彼らは言葉通りローザの命は見逃してくれるかもしれない。

けれど――アルヴィンは？

がしゃん、と別のショーケースを割る音が響き、ローザは我に返る。

男達の凶行は止まらない。ディスプレイ用の椅子やテーブルがなぎ倒され、見る間に荒らされていく店内に、ローザは自分の瞳が潤むのを感じた。

今床を転がったブルーベルの形のランプシェードは、妖精が好みそうな隠れ家だと、アルヴィンは並べるときに楽しげに話していた。放り投げられた額縁は、周囲に彫られた妖精が見事だから、いつか相応しい絵を飾ろうと話した。創作の妖精と伝承される妖精を並べて教えてくれたフィギュリンは、雑然と倒れてしまっている。見分け方を覚えたブローチも、ポジーホルダーも、ネックレスも、指輪も、ミニアチュールも、男達は何ら頓着せず無造作に鞄に詰め込むだけだ。

この暴力は、必ず、アルヴィンに向かうだろう。

妖精と会うためとうそぶいていたけれど、少し変ではあったけれど、彼は確かにこの場でローザに様々な物を与えて、慈しんで、丁寧に環境を整えてくれたのだ。

ずっと、彼の姿を見ていた自分にとって、たまらなく嫌なことだった。

きっとアルヴィンは、まだ二階に居るだろう。

この建物はあまり音が通らない。だからドアベルの音も、ショーケースが割られる音も、彼は気付かなかったはずだ。

アルヴィンはとうてい荒事に縁があるようには思えなかった。屈強な男三人に、しかも暴力にためらいのない者達に遭遇すれば、抵抗もできずに殺されてしまう。

「おい、そろそろ言う気になったか？」

底冷えのする声で紳士風の男に問われながら、ローザは唇を噛み締めた。

細く、だが深く息をする。自分の心を確かめる。

今までだったら、迷わず耳を塞いでうずくまっていた。恐ろしいし、震えは止まらないし、何が正しいのかもわからない。

けれど、アルヴィンは、ローザの恩人だ。

強盗達に見逃される幸運にすがり、怯えたまま黙り込んでうずくまっていては、彼は殺される。今、彼を守れるとすれば自分だけだ。

うつむきたくなる弱い己を、ローザは奮い立たせる。

自分はもうブラウニーではない。あの人が、アルヴィンが、そう言ってくれた。

背筋を伸ばす。顎を引き、手を前で重ね、指先にまで神経を行きわたらせた。

ローザは突きつけられるナイフも見えないように、まっすぐ紳士風の男を見上げる。

「わたしはメイドではございません。青薔薇骨董店の従業員です」

声を上げよう。宣言しよう。大切な人を守るため、行動できる自分であるために。

たとえぼろを着ていようと、ローザはアルヴィンが選んでくれた青薔薇で、この店の従業員なのだ。

目を見張る紳士風の男を観察しながら、ローザは整った発音で続けた。

「閉店作業はわたしに任されており、すでに店主は帰宅して不在です。どうぞお引き取りください」

これは賭けだった。彼らは突発的な犯行なのだから、下調べは充分ではないはずだ。アルヴィンが二階に住んでいることも、バックヤードから隣の階段ホールにつながる扉があることも、知らない可能性が高い。

なにより、この紳士風の男は余裕を装っているが、ローザには焦りと緊張が強く感じられた。警察に追われているのだし、一刻も早く逃げたいだろう。

ならば、ここでローザが「アルヴィンはいない」と言い切れば、アルヴィンを探すことは諦めて逃走を選ぶはず。

あとはこの男に、ローザが店を任されるだけの信用ある従業員だと思わせれば良い。

そしてローザは、自身が自然に振る舞えば、下働きに見えないと知っている。アルヴィンが教えてくれたのだ。

バックヤードの扉へ必死に意識を向けないようにしながら、ローザは紳士風の男を見つめ続ける。その姿は、すり切れたワンピースすらかすませるほど、高貴な貴婦人のようなたたずまいを醸し出していた。

濃密な沈黙が過ぎる。ローザは紳士風の男に一瞬、微かな怯みと動揺を見て取った。

「……へえ、店主はもういねえか。ツイてねぇな」

成功した。ローザは必死に安堵を表へ出さないようにしたが、男の瞳がさらに昏く淀んだことに気付いた。

「残念だが、てめえも公女きどりか？　俺を見下して悦に入って楽しいかよ」

不穏な言葉が吐かれた瞬間、たちまちローザの胸ぐらを摑みあげる。

紳士風の男は、表面上は友好的だった雰囲気をそぎ落とし、憎悪を剝き出しにして見下ろした。

「ならてめえでいい」

怖い。恐ろしい。きっと痛いだけでは済まないだろう。けれどアルヴィンは、無事だ。

ローザは苦しさに息を詰まらせたが、それを心の支えに、けして目をそらさなかった。


なぁお。


猫の声が響いた。

殺伐とした店内にいた全員が、声の方……バックヤードへつながる扉を見る。

閉まっていた扉からするりと現れたのは、灰色の体毛をした優美な猫、エセルだ。

ただ、ローザにはエセルの瞳がいつもの金色ではなく、輝く緑に見えた気がした。

強盗達も一瞬気が抜けたようだが、次いで大きく扉が開かれた先に、長い銀色の髪をまとめた妖精のように美しい青年がいた。

アルヴィンは店内を荒らす男達を見ると小首をかしげ、場違いにのどかに問いかけた。

「おや、ずいぶん乱暴な訪問者だ」

ローザはこらえきれずに、ひく、としゃくり上げてしまう。

来て欲しくなかったのにと、絶望に真っ暗になりながらも、呼ばずにはいられない。

「アルヴィンさん逃げてくださいっ、この人達、アルヴィンさんを……きゃあっ！」

言葉の途中で紳士風の男に放り投げられたローザは、受け身もとれずに割れた陶器の散らばる床へ転がる。

アルヴィンの顔から表情がなくなった。

紳士風の男は、心底嬉しそうに、アルヴィンへと向き直る。

「ちょうど良かった。あんたがここの店主だな。手に入るはずだった収入がふいになったからよ。あんたの命で払ってもらいに来たんだよ」

「そうか。やはり君達は例の強盗団だね。もしかしたら妖精にまつわる話を持ち込みに来たのか……と思ったのだけど」

やれやれと言わんばかりに肩を落とすアルヴィンは、あまりにも平静で危機感が薄い。

「へえ妖精にまつわる品を扱うってのは本当なのか。なら俺はピクシーとでも名乗ろうか。あいつらは確か貧しい人間のために働くんだろう？　義賊にはぴったりじゃないか」

明らかに馬鹿にする口調に、他の二人も追従して笑う。

嘲笑されたアルヴィンだったが、怒ることもなく、淡々と答えた。

「そう、君達がピクシーと名乗るのなら、僕を傷つけられるかもしれないね」

不気味なほど凪いだ反応に、さすがに違和を覚えたのか、強盗達は気味悪そうにする。

しかし、紳士風の男は、すぐに仲間の男達へ顎をしゃくった。

品物をあさる手を止めた男二人は、余裕綽々とアルヴィンへと歩いていく。

彼らに比べれば、アルヴィンは若くとも線が細い。体格も、力も数も圧倒的優位を確信しているのだろう。

だが、アルヴィンは動揺する気配も緊張すらなかった。まるで、これから起きることをすべて受け入れるとでもいうように自然体だ。

抵抗しても無駄だと諦めてしまっているのだろうか。こうなって欲しくなかったのに、防げなかった。ローザは焦燥と恐怖に震えながらも、どうしようもできない。

ただ、アルヴィンは男達に向けて、少しだけ笑んだ。

「頑張って、殺しておくれよ」

背の高い男が上段から拳を振りかぶる。

ローザは見ていられずに、目をつぶりかけた。

しかし、奇妙なことが起きた。

男の拳がアルヴィンに触れる寸前、あさっての方向へそれたのだ。

「お……ごわぁッ!?」

男は戸惑いのまま体勢を崩し、床に倒れ込む。

ローザは、背の高い男が踏み出した瞬間、たまたま転がっていた陶製の花瓶を踏んで転がるのを見た。

背の高い男が無様に地面に這いつくばるのを、体格の良い男は呆れた目で一瞥し、アルヴィンを持っていた棒で殴ろうとした。

しかし、その棒の先は、先日取り付けたばかりのシャンデリアに偶然引っかかる。

男が外そうともがくと、引っかけられた硝子飾りが顔面にばらばらと落ちた。

「はっ、くそ、痛え！」

体格の良い男は恐慌状態に陥り、強引に棒を抜こうとするが、その拍子に取り付けが甘かったのか、シャンデリアの本体が落下した。

「ぎゃあ!?」

下敷きになった男が血まみれでもだえる姿を、アルヴィンは冷めた目で見下ろした。

「そのシャンデリア、なかなか良い品だったのにな。修繕できると良いのだけど」

「お、お前え……」

背の高い男が転んだ衝撃から立ち直り、再び殴りかかろうとする。

だが、振り下ろそうとしたとたん、アルヴィンの脇にあったハイチェストの把手飾りに袖を引っかけ、再び転ぶ。

野太い悲鳴が響いた。

嫌な音をさせて男が押さえた足は、曲がるべきではない方向に曲がっていた。

ローザはエセルが傍らに座ったことすら気付かずに、異様な光景を眺めるしかない。

アルヴィンはなにもしていない、ゆっくりと歩いていただけだ。

たったそれだけで、勝手に男達が自滅していったのである。

まるで、アルヴィンに触れてはならないと誰かが守っているように。

無傷で店内中央まで歩いてきたアルヴィンは、落胆したように言った。

「まただめだったね。やはり本物の妖精じゃないと〝祝福〟は破れないのか」

「あ、あんた一体……なんなんだ」

震えた声で紳士風の男が問いかける中、アルヴィンは興味もなく答える。

「僕は昔、妖精から幸運を授かった。だから僕だけは暴走した馬車に突っ込まれようと、殺人鬼に襲われようと、必ず無傷で生き残る。どんなに危険な状況でも、必ずね。君達が本物の妖精なら殺せたかもしれないけれど、無理なようだ」

心底残念そうに呟いたアルヴィンが、本気でそう考えているのをローザは感じた。

だが、ありありと恐れを宿した紳士風の男が、懐から取り出した物を見て、ローザは息を呑む。

「訳わかんねえこと言ってんじゃねえよ！」

拳銃を掴んだ男は、銃口をまっすぐアルヴィンへ向けた。

いくらなんでも、銃弾を避けることなどできないはずだ。

「だめっ!」

立ち上がったローザが、とっさに男の腕へ飛びついたとたん、銃声が響いた。

銃弾はアルヴィンの顔の真横を通り過ぎ、髪を数本かすめる。

「邪魔すんじゃねえ!」

怒った紳士風の男は、腕にしがみつくローザをナイフの柄頭(つかがしら)で殴る。

鮮烈な痛みに、ローザがたまらず崩れ落ちる中、視界に映ったアルヴィンが顔色を変えた。驚きと、そして今までローザが見たことのない、明らかな怒気だ。

「死ね悪魔め!」

紳士風の男は、再びアルヴィンへ銃口を定め、引き金を引く。

しかし、銃弾は発射されない。

「なっ⁉」

がちがちと何度引き金を引いても出てこず、うろたえた男は銃口を見る。瞬間、銃弾が遅れて射出された。暴発だ。

銃弾は男の肩口へ着弾し、たまらず拳銃を取り落とした。だが紳士風の男は脂汗をしたたらせながらも、ローザへ手を伸ばす。せめてもの意趣返しにローザを害すつもりだ。

激しい威嚇の鳴き声と共に、エセルが男の腕に噛みついた。

痛みにのけぞる紳士風の男とローザの間に、アルヴィンが割り込む。

「彼女は君が触れて良い花じゃないんだ」

アルヴィンの握りしめた拳が男に振り抜かれた。

拳をまともに頬に食らった男は、声もなく床へ崩れ落ちる。

同時に、激しくドアベルを響かせながら、表の扉が勢いよく開かれた。

「アルヴィン、大丈夫か！　……ッ」

入ってきたのはセオドアで、店内の惨状に一瞬硬直する。

崩れ落ちた男を見下ろしていたアルヴィンは、セオドアを振り返る。

「ああセオドア、ちょうど良い。彼らを拘束してくれ。窃盗の現行犯だろう？　こいつらは逃げた強盗団の残党だよ」

「……わかった。その前に病院だがな」

セオドアがたちまち床に転がる男達を拘束していく。

その光景をローザが呆然と眺めていると、傍らにアルヴィンが跪いた。

「巻き込んでごめんね。ローザ、立てるかい」

いつも通りのアルヴィンの声音だったが、どこか不安そうに揺れている気がした。

エセルもまた、ローザの膝にすり寄っている。

無意識にエセルを撫でたローザは、アルヴィンの美しい顔を見て、終わったのだとようやく安堵した。

抑え込み、耐えていた感情が涙として溢れる。

死んでしまうかと思った。怖かった。

なにより、彼が殺されてしまうかと思った。

「ある、アルヴィンさぁん……っ！」

ローザは、ぼろぼろ泣きながら手を伸ばし、眼前のアルヴィンにすがりついた。

「……ローザ？」

「よかった、よかったです……っ！　生きてらしてよかったっ！」

それ以上は言葉にならず、ぐずぐずと泣きじゃくる。アルヴィンが困惑しているのを感じたが、一度溢れた涙は止められない。

やがてそっと、ローザの背に手が滑る。

「君も、無事で良かった」

普段は人よりずっと距離が近いのに、ローザの背を撫でる手は遠慮がちでぎこちない。

そうして、強盗事件は幕を下ろしたのだった。

終章　青薔薇（ブルーローズ）はうつむかない

強盗が入った翌々日、ローザは自宅で途方に暮れていた。

昨日は警察による事情聴取があったため、丸一日大忙しだったのだ。

なによりローザは手に陶器の破片で切った切り傷と、膝や背中には打ち身を負っていた。病院で手当てをされて、医者に一日は休養をするように言い渡された。

だが、少々傷は痛むものの普通に動ける。店はまだ片付けられていないはずで、そちらが気になって、休む気持ちにはなりづらい。

とりあえず台所で湯を沸かしながら、ローザはぼんやりと昨日のことを思い出す。

事情聴取といっても話す相手はセオドアで、それも最大限に配慮してくれた上での聴取だったから、ローザにはさほど苦ではなかった。

そのときに聞いた話だが、セオドアは朝に、「今日は遅めに帰った方が良い」とアルヴィンに提案されたのだという。

『そう語る時のアルヴィンは、必ず危険に首を突っ込むんだ。だから早めに仕事を切り上げたら……案の定だ。俺がどれだけやめろと言おうが、あいつは勝手に死のうとする。顔見知りが危険な目に遭遇するのを見過ごせるわけないだろうが』

警察の施設内にある一室で、どこか忌ま忌ましげに吐き捨てたセオドアは、ローザの前だと思い出すと、気まずそうに咳払いをした。

『君もわかっただろうが、あいつは恐ろしく運が良い。強盗三人に襲われても無事でいられるほどだ。本人は「妖精に会ったからだ」と語っているが、そこは本質ではない。今まであいつの周りにいた人間は、アルヴィンを「自分の幸運の分だけ、不幸を押しつける悪魔だ」と罵った。そんな世迷い言をあいつは甘受して、肝心な時には人を遠ざけるんだ』

ローザは、だからあの日アルヴィンは早く帰るように言ったのかと納得した。

『おそらく、アルヴィンは強盗が報復に来る可能性に気付いていた。報道を止められなかった俺の落ち度でもある。……だが、な。アルヴィンのそばに居る限り、似たようなことは起こりうる。今回の件で耐えきれないと感じたのなら、早めに距離を置いて欲しい。それが、アルヴィンのためでも、君のためでもある』

『あ、』

セオドアの言葉に、ローザは唐突に気付いた。

訝しげにされるが、それでもアルヴィンへのもやもやをほどく手がかりを見つけた気がして、口を開く。

『グリフィスさん、言葉が矛盾しています。アルヴィンさんのためと語るのでしたら、あなたもアルヴィンさんが傷つくと考えているのですね』

『は……』

『今の言い方ですと、わたしがアルヴィンさんを怖がれば、アルヴィンさんが悲しんだり、落ち込んだりすると考えている、ということになります』

指摘されて初めて気付いたとでも言うように、セオドアは目を見開きうろたえる。

『いや、それは言葉の綾で……あいつは無神経で人でなしだぞ』

『はい。だいぶ人の心がわからない人なのは同意します』

『ならなぜそのように言うんだ』

困惑するセオドアの顔は、どこか大型犬の困り顔を彷彿とさせた。


そこまで思い出したローザはふふっと笑ってしまう。

セオドアは厳めしい顔つきだが悪い人ではない。それどころかとても良い人である。

ローザが茶葉を取り出そうとしたところで、玄関の扉がノックされた。

誰だろうか。家賃は払っていたはずだが、大家だろうか。

用心して少しだけ扉を開けたローザは、すぐに勢いよく開けることになる。

扉の前に立っていたのは、場違いなほど上等な衣服に身を包んだ銀髪の青年、アルヴィンだったのだ。銀色の髪はいつも通り綺麗に括られている。

「おはよう、ローザ。朝ご飯はまだかな」

「これからですが、アルヴィンさんはどうしてこちらに？」

動揺するローザをじっと見つめたアルヴィンは、どこかほっとした様子で続けた。

「ローザは大変だったのだから、ご飯の差し入れをしてきなさいと、クレアに言われたんだ。だから持ってきた」

アルヴィンの片手には、彼には少々不似合いな、可愛らしい籠が握られている。

ローザがひとまず室内に通すと、アルヴィンは興味津々で見渡した。

「こんなところに住んでいたんだね」

「だ、大丈夫でしたか、朝ですし変な人に絡まれにくいとは思いますが」

「大丈夫だよ。僕は運が良いからね。少々愉快な人は居たけれど、親切な花売りのお嬢さんが君の家を教えてくれた」

教えたのはミーシアだろうか。怪我をして帰って、彼女には大いに心配された。

朗らかなアルヴィンは、テーブルにあるティーポットとお茶の缶を見つける。

「おや、お茶を淹れるところだったのだね。僕がしようか」

「お客様にそんなことさせるわけには」

と、断る語気が弱いのは自覚していた。なにせ、ローザが淹れるよりもアルヴィンが淹れたほうがずっとおいしいのだ。

結局アルヴィンが茶を淹れ始める横で、ローザは籠の中身を確認する。

パンをはじめとして、ローストした肉に、ソーセージ、ゆで卵にバター。陶器の容器にはトマトで豆を煮たベイクドビーンズが入っていた。パイらしきものは、昼や夜の分だろう。

紅茶用のミルクまで、瓶に入って添えられていた。

一人で食べるには充分すぎる量で、料理上手なクレアらしい細やかな配慮だった。

ローザはクレアに感謝しつつ、アルヴィンに訊ねた。

「アルヴィンさんは朝ご飯を召し上がったのですか？」

「食べてきたけれど、見ていたらお腹が空いてきたな。ここ、結構遠かったから」

ならば、と皿をもう一つ用意して温めたベイクドビーンズを盛り、焼いたソーセージとバター、ゆで卵も載せる。

アルヴィンによってカップに紅茶が注がれ、馥郁とした香りが室内に広がった。

向かい合って、朝食を食べる。かつては母が座っていた場所に、自分の雇い主が座っている光景は、なんだか不思議だった。

普段通りに感じても、アルヴィンがずんぐりとしたティーカップを傾ける姿は、いつもとは違う見逃してはいけない何かがある気がする。

トーストしたパンは香ばしく、ソーセージは皮もぱりっとしていて、肉汁が溢れてとてもおいしかった。

お腹が満たされる頃になると、アルヴィンはローザに話しかけてきた。

「ねえ、最後のバン・シーの謎を解かせてくれるかな?」

「え、ですがバン・シーは解決したのでは……」

「いいや。言いそびれたけど、ジェシカが私室で見た人影だけは、強盗団が関連していない。別の現象だったんだ」

ローザはようやく思い出してぽかんとすると、アルヴィンは丁寧に訊ねてくる。

「絶対に傷つけないから、ロケットとランプを貸してもらっても良いかな」

「かまいませんが……」

「それから、部屋の中をできるだけ暗くしてほしい」

奇妙な注文に首をかしげながらも、ローザは窓の鎧戸を閉めて、ベッドのサイドボードからロケットとランプ、マッチを持ってくる。

受け取ったアルヴィンは、そのランプに火を点ける。ぽう、とそこだけ明るく照らされる中、彼はロケットを開きながら話し始めた。

「ジェシカの前に現れた人影は、彼女が人を呼びに行った後には消えていた。見たときと見ないときの違いは、多くの人間がいたことの他にもう一つ。ランプの数だ。だから僕は、人影が浮かび上がる条件は光量、それこそランプが一つだけ灯っている状況なのではないかと考えた。さらに君が話してくれたお母さんの行動も気になっていた」

「母の……？」

「君はロケットを眺めるお母さんは、決まってランプが一つ灯った暗い部屋にいたと話してくれただろう？　ジェシカがロケットを見ていた時も、ランプが一つだけ灯っていた。そこで手がかりになったのは、表面に彫金されたサラマンダーだ」

ランプの明かりに照らされて、表面に彫られたトカゲの赤い宝石の目がキラリと光る。

「サラマンダーは、手のひらに載るほどのトカゲやドラゴンの姿と伝承される精霊……妖精の一種だ。ここで大事なのは、サラマンダーが熱い溶岩や明るく燃える炎の中に棲むとされること。それが表面に描かれているのは、炎や光を当てろ、という示唆ではないかと考えた」

言いつつアルヴィンは片手にランプを持ち、もう片方にロケットを持つと中の鏡面に光を当てる。反射した光に、何かが映っていた。

アルヴィンは、壁に反射するように角度を調整する。

ローザは目を見開いた。

壁に反射する光に、人影が二つ、映っていたのだ。

「魔鏡、という東洋の技術でね。微細な凹凸を作った鏡面に光を反射させると、光の中に文様が現れるんだ。ジェシカは、夜にランプの明かりの下で見たせいで、たまたま反射して映ったこれを、バン・シーの人影だと勘違いしたのだろうね」

アルヴィンの声が聞こえたが、ローザは壁に映る人を凝視する。

「お母、さん」

壁に映っていたのは、母だったのだ。ローザが知るよりも若いが、確かに母だ。

上品なドレスを身につけて腕に何かを大事に抱えた彼女は、記憶にある通りの穏やかな笑みを浮かべている。

その肩に手を添えているのは、見知らぬ若い男性だった。

黒だった母の髪色と違い、男性の髪は淡い色だから、おそらく明るい髪をしているのだろう。少し線が細いが、フロックコートとズボンを身につけた彼は品が良く、優しげな面差しをしている。

寄り添う姿は紛れもなく、想い合った者同士の距離だった。

男性の顔を見たことがある気がして、ローザがまじまじと見つめていると、アルヴィンが言った。

「男性の面立ちがローザに似ているね。特に目の形がそっくりだ。父親ではないかな」

『父親似、だからです』

母の言葉を思い出し、どきん、と心臓が強く鼓動を打った。

簡素に答えた母の声は硬く、重苦しく、激しい感情を押し殺していて、ずっとそれは悲しみと後悔なのだと考えていた。

だが、今壁に映る母は、ローザの父親らしき人と幸せそうに寄り添っている。

大きく喘ぐように呼吸をするローザは、続けられたアルヴィンの話に我に返った。

「それに、この女性が抱えているのは、顔は見えないけれど赤ん坊だろうね。女性はお母さんで合っている？」

「は、はい。わたしが知っているより、若いですが」

「右下に年月日が彫られているけれど、これは君の誕生日かな」

「い、いいえ数ヵ月ほど前、です」

ローザは動揺しつつ質問に困惑するが、アルヴィンは理解したようだ。

「なら君が生まれる前に、想像で描かれた家族の肖像画だろうね。どんな理由があったかは想像するしかない。けれど一般的に三人並んだ肖像画を、しかも生まれる前に描かせるのはとても思い入れがないとできないだろう。この魔鏡は驚くほど精巧に作られていて、人間業ではないように思えるけれど……いや、そうではなくて」

そこで言葉を切ったアルヴィンは、ローザに向き直った。

「だから、君のお母さんがこれを大事にしていた上で、君を育てたという事実からして、君を望んで産んだのだと解釈しても良いのではないかな」

アルヴィンの言葉が、さらさらとローザに流れ込んできた。

ローザははっきりと思い出す。

父親似だと話してくれた時の母は、感情を押し殺していたけれど……悲しさと愛おしさが滲んでいた。きっと、ローザを通して父親の姿を見ていたのだ。

それに母がロケットを手にしていたときは、寂しげでも優しさに溢れていた。

なにより、ローザと共に過ごしている間、母はいつだって朗らかで楽しげで、幸せそうだった。悲しみのあまり、記憶が曇っていたのだ。

『愛されても手込めにされてもガキは出来る』

そう、愛し合っても子供は生まれる。

長年ローザの中で凝っていた呪縛が、解ける気配がした。

「——お母さんは、生活は楽ではないけれど、好きなだけお裁縫ができて嬉しいって、言っていました」

納期を守るのは大変そうだったが、それでも衣装を作るのを楽しんでいた。

昔はできなかったのだと、苦笑しながら語ってくれた。

食事も自分の手で作れるし、ローザが作るものがおいしいと喜んで食べてくれた。

日常の中で、表情が曇ることなどなかったのだ。

ようやく腑に落ちた。

ローザは確かに母に……そして父に、望まれて生まれた。

しかし、それでも――……

「もっと、楽を、させてあげたかった、なぁ……！」

早くお金を貯めて、ミシンを買ってあげたかった。あまり体が強くない母のために、もっと風通しの良い場所に引っ越したかった。

なにより、母が働かなくてすむようにしてあげたかった。

こぼれた涙が、ほとりと手の甲に落ちる。

もう、できないけれど。それでも、母は納得して生き抜いたのだ。

ローザが手に顔を埋めて泣いている間に、アルヴィンはランプを片付けて、鎧戸を開けてくれた。

「うう……もうし、わけ……」

ようやく収まってきて、ローザがしゃくり上げながらも顔を上げる。

するとアルヴィンにハンカチを差し出された。受け取って拭っていると、骨張った手に顎をとられ顔を覗かれた。

あまりにも驚いて目を瞬くと、アルヴィンはまぶしげに銀灰の瞳を細める。

「やはり君の青は綺麗だね。金色はなんだろうと思っていたけれど、感情が高ぶると浮かぶみたいだ」

「金色、ですか」

きょとんとするローザの前に、ロケットの鏡面が差し出された。

鏡自体は小さかったが、そこに映ったローザの青の瞳には、まるで瞬く星のような金粉が舞っていたのだ。

まさか自分の瞳がこのようになるとは今の今まで知らず、涙が吹き飛ぶ。

「たぶん、お母さんはこのことを知っていたのだろう。特徴的な瞳だから、知っている人が見れば、血がつながっているとわかる。お母さんの瞳の色は？」

『あなたの目は、隠さなければだめ』

母の言葉が耳に蘇る。

アルヴィンの質問の意図は、ローザにもなんとなくわかった。

「はし、ばみ、色でした。青では、ありません」

かすれた声で答えると、アルヴィンは頷く。

「では父親のほうだろう。君に授けられた教育からして、お母さんも充分な教育を施されているが、父親らしき男性はさらにそれなりの家の出だとわかる。十中八九お母さんは君を連れて、逃げてきたのだろうね。血筋は、平穏に暮らすためには必要ないものだから」

息を呑むローザに、アルヴィンは提案する。

「それでも、探そうと思えば、父親の素性を知れるよ。探そうか？」

「どうして、そのような提案を」

「どうしてだろうね」

本気でわかっていないような声音で、アルヴィンは続けた。

「初めて会った時に、君はその瞳をしていて綺麗だと思ったんだ。君に薔薇を買ってくれるのかと聞かれた時、青薔薇みたいだなと思ったんだ。その時ひらめいた。僕は店に生花を置きたくなかったけれど、花のような人間ならありかと考えたんだ。君が困窮しているのは見てわかったから、きっと断らないだろうという打算もあった」

彼が自分を雇った思惑を聞いて、ローザは静かに納得した。しかし、打算的な理由を語ったアルヴィンの表情は困惑に染まっている。

「はじめは、居てくれるだけでよかった。案の定クレアも呆れて黙ってくれたし、当初の目標は達成していた。けれど君は、興味を持って仕事に取り組んで、僕の店を彩ってくれた。静かに座っていてくれるより、ずっと魅力的で居心地がよかったんだ。ただ君は花のようではあっても生きた人間で、悲しんだり、怖がったり、気味悪がったりするだろう」

言いにくそうにするアルヴィンは、ローザからそっと視線をそらした。

「感情がわからなくても、そういうものなのだと、事件中の君を見て実感した。けどなんというか……そう。嫌だな、と思って。理由があれば、従業員ではなくなっても、もう少し僕と関わってくれるかなと考えた。だから、取引、みたいなものだろうか」

いつも明朗で論理的な彼には珍しく、要領を得ない説明だったが、最後の部分だけは理解できた。

「どうして、わたしが従業員ではなくなるのですか？」

ローザが素っ頓狂な声をあげると、銀灰色の目が不思議そうにする。

「どうしてって……君は僕の幸運を見ただろう？　だいたいの人は一緒に事件に巻き込まれると、怖がって離れていくよ。君も店で恐ろしい目に遭ったんだ。働きたくないと思う人間に無理強いはしない」

当たり前のように語られて、ローザはセオドアの言葉を意識する。

「本当は、ちゃんと今日話をしてくれるかも賭けだったけれど、やはり僕の運は良いね。最後にロケットのことを話せて良かった。もう一度、君の瞳も見られたしね。強盗が入った日にも見たのに、その時は全然綺麗に思えなくて、とうとう僕も完全に壊れたかと思ったんだけど」

アルヴィンは悲しみも、申し訳なさもなく、ただいつも通り柔らかく微笑(ほほえ)んでいた。

ローザは胸が引き絞られるような強い感情に襲われ、泣きそうになる。

はっきり言って不安だ。恐ろしい目に遭遇した恐怖は、体の奥底に沈殿している。

しかし、その恐怖は、彼自身にはつながっていない。

だからアルヴィンが綺麗だと言った瞳で、彼を見返した。

「わたしは、アルヴィンさんは、壊れていないと思います。心もなくしていません」

はっきりと声に出すと、アルヴィンはゆっくりと瞬（まばた）いた。

少し、彼の雰囲気が変わり、ローザは緊張する。

「どうして？　僕は今回、また終われなかったのが残念だと考えているのに。この幸運のせいで僕は自分で死ねない。だからもう一度妖精に会って、殺してもらおうとしてるんだよ。そのくらい、感情がなくなっているんだ」

「ですが、わたしを拾って、案じてくださいました」

そして、気遣ってくれた。

アルヴィンという青年は、とてもずれているけれど。けして一般的ではなかったかもしれないけれど、彼に拾われたことで、ローザは様々なものをもらった。

背筋を伸ばせる衣装を贈ってくれた。

自信を付けられるようにと知識をくれた。

言葉に詰まっても、せかさず待ってくれた。

いつだって、大丈夫だと朗らかに言われた。

そうでなければ、ローザはずっと下を向いたままだった。

アルヴィンが青薔薇のようだと語ってくれたから、うつむかなくなったのだ。

行動の端々で、彼は不器用でも優しさを沢山くれた。

「きっとアルヴィンさんは、感情にとても鈍くなってしまっただけなのです。だってわたしを気遣って、こうして来てくださったではありませんか」

ローザですら話したことを忘れていた、「母が幸せだったかわからない」という疑問に答えてくれたのだ。

しかも、これで縁が切れると考えていたにも拘わらず、わざわざ家を訪ねてまで。それが優しさでないのなら、なんと言えば良いのだろう。

「君を思いやってではなく、骨董店の備品として、手をかけただけかもしれないよ」

懐疑的なアルヴィンの表情からは、少しだけ朗らかさが消えている。

ローザにも彼の想いを読み取るのは難しい。けれど、それでも知っていた。

彼は「妖精」に囚われた虚ろな人だ。

「ねえアルヴィンさん、青薔薇の花言葉は、〝不可能〟そして〝存在しないもの〟とされているのです」

「そうだね。だから僕の店も、存在しないとされる妖精を扱うという意味で名付けた」

青い花は数あれど、青薔薇は自然界には存在しない。多くの園芸家達が挑戦を続けていても、未だ生み出されていない花だ。だから、愛の言葉で溢れる薔薇の花言葉の中で、数少ない負の意味が込められている。

アルヴィンから店名の由来を聞いたローザは、確信を深める。

青薔薇、という店名を聞いたときは、少し不思議だなと感じていた。妖精にまつわる花々は、他にもブルーベルやサクラソウなど数多くあると知ってからは、特に。

もしかしたら彼は、心のどこかで諦めているのではないだろうか。

妖精に会うことを、そして自分の現状を変えることを。

「ですがわたしは、あなたにとっては青薔薇のような存在なのですよね。でしたら、もう手に入っています。けして不可能でも、存在しない物でもありません」

アルヴィンの銀灰色の瞳が、微かに、だが確実に見開かれる。

驚く彼にローザは微笑んで、胸の前で祈るように指を組んで続けた。

「だから、わたしが信じます。みすぼらしいブラウニーだったわたしを青薔薇と称して、様々なものを授けて案じてくれたあなたは、不器用で、優しい人だと」

いつか、は誰にもわからないのだ。創作の妖精が人々に親しまれたように、青薔薇もまた、いつかは花言葉も変わって、良い意味になるかもしれない。

なにより、自分がどうしたいかだ。

ローザはこの人のそばにいたいと思った。理解されず居場所もなく、ただ縮こまるしかなかった自分を、自然体で居させてくれた。

この人のそばでなら、ローザはうつむかないでいられるから。

だからと、こちらを見つめるアルヴィンに向けて、心の底から願った。

「これからも青薔薇の従業員でいさせてください」

緊張で胸が張り裂けてしまいそうだ。

アルヴィンの表情から笑みが消える。一瞬緊張したローザだったが、彼の頬がほんのりと赤く染まっているのに気付いた。

ローザを見つめていたアルヴィンは呆然(ぼうぜん)と呟(つぶや)いた。

「まだ店に居てくれるの」

まるで、迷子の子供のような頼りない声音だった。

返す答えは決まっていると、ローザはしっかりと頷く。

「はい、アルヴィンさんが望んでくださるなら。従業員として精進させてください」

彼に感情がわからないというのなら、ローザがわかれば良いのだ。

なにより自分は、この銀色の美しい青年の元にいたい。

安堵(あんど)したローザは、ロケットを取り戻してからずっと考えていたことを口にした。

「従業員を続けるに当たって、そのう……以前の提案はまだ有効でしょうか」

「どの、ことかな」

「ここから青薔薇に通うのは大変なので、お店の上の空いているお部屋に住まわせいただけないでしょうか。家賃はお給料から天引きで、屋根裏とか……」

青薔薇骨董店(ブルーローズアンティーク)のあるあたりは、裕福な中流階級(ミドルクラス)以上が集まる分だけ地価が高い。自分ではとても家賃を払えないだろう。

「君は以前、お母さんの思い出が残っているからここに居たいと言っていた、よね」

少々厚かましいだろうかと不安になりつつも、ローザはアルヴィンに答えた。

「はい、その通りなのですが、アルヴィンさんがロケットを取り返してくださいました。だから、この部屋にこだわらなくて良いと思えたのです」

部屋にこだわっていたのは、もうこの空間しかすがれるものがなかったからだ。

だが今は一番の思い出が残ったロケットがある。それなら離れても良いと思えた。

するとアルヴィンは音を立てて椅子から立ち上がるなり、ローザに身を乗り出した。

「なら屋根裏なんてとんでもない、三階を使うと良い。置いてある家具は好きに使って良いからね。そうだ、他になにが必要かな？　引っ越しはいつにする？　僕が準備を手伝うよ。男手が必要ならセオドアも呼んでくる」

「待ってください、すぐは無理です！」

今にも帰ろうとする彼を、ローザは慌てて止めた。

すでに帽子をかぶっていたアルヴィンは、少々不満そうにする。

「僕の所に来てくれるんだろう。なら早いほうがいいかなって」

「行きます、行きますけど、その前にお店の掃除が必要ですよ！　品物の陳列もし直さなければいけません。アルヴィンさん、お掃除は苦手でしたよね」

ローザが語ると、アルヴィンは決まり悪そうに頬をかく。

「修復できそうなものをより分け始めてはいるけど、全く進んでいないんだ」

「ですよね、わたしも掃除にかかり切りになるので大変です。引っ越しにしても、大家さんに話をしてからでなくてはいけませんし、それなりに荷物もあります。だから、店の片付けが終わってからです」

きちんと伝えておかないと、この店主はあさっての方向に突っ走っていくだろう。

「君が、言うのなら……そうする。けれど、きっと来てくれると約束してくれるかな」

「はい、約束です」

とても残念そうながらもアルヴィンが引き下がってくれた。

ローザはほっとしつつ、少しばかり手のかかる店主のために、おかわりの紅茶を注いであげたのだった。

＊

今日もローザは、制服に着替える。だが、自分が居るのは青薔薇店舗の三階だ。

多くの美しい調度品に囲まれて、ベッドやチェスト、クロゼットがある。

ローザの転居が決まって以降バックヤードではなく、三階を控え室として使わせてもらっていた。

水色のひだがたっぷりと寄せられた、鮮やかな青のドレスを身にまとったローザは、スカートに絡むようについてくるエセルと共に、軽やかに階下の店舗に降りていく。

店内の片付けはすでにすみ、以前に比べれば少々殺風景なものの、元の美しさを取り戻していた。

空のショーケースも配置済みで、花と妖精が並べられるのを待ち構えている。

そして店内の中心には、銀髪に灰色の瞳の、妖精のように美しい青年が佇んでいた。

「やあ、ローザ。今日はお店を開けながら、商品の陳列をしようか。ひとまず僕の部屋にある分を持ってこよう」

「かしこまりました。そうだ、もしよければ陳列が終わった後に、お部屋をお掃除しましょうか。少しほこりっぽくなっていますよね。ほうっておいたら商品も傷みますし、なによりアルヴィンさんが病気になってしまいます」

「まあ商品が傷むのは困るからお願いしたいけれど、僕は病気になれるのならそれに越したことはないけどな」

ローザが提案すると、アルヴィンは妙な理屈をこねる。

アルヴィンはローザのアパートでの会話以降、少し素直になったようだ。

もちろん、譲らない。ローザはまっすぐアルヴィンを見て、笑顔で言い切る。

「わたしが嫌です！」

ローザの答えに、アルヴィンは気分を害した様子はなく、ただ少し驚いた色をみせながらも、頬を緩めた。

「そう、わかった。――ふふ、僕の青薔薇（あおばら）はとっても元気に咲いたな」

呟いたアルヴィンの声音は、確かに嬉（うれ）しそうだった。

＊

「青薔薇なんて店名で、花の意匠を専門にしている店なのに、花を飾らないのはもったいないですよ！　せめて花の一つくらい買ってきてください！」

腰に手を当てたクレアに強く促され、アルヴィンは仕方なく街に出た。

愛情深くお節介な彼女は、アルヴィンの心が人と違うと無意識に悟っている。潤いを与えるために、アルヴィンに雇われ続けてくれている人だから、機嫌を損ねられると少々困る。

唯一アルヴィンに人間らしい情緒を求めさせるのだ。

だが、店に花はいらない。鮮やかな色も甘い匂いも、妖精の世界を思い出すからだ。

妖精に会いたいのに、植物を飾らないのは矛盾しているが、それでも、アルヴィンは妖精を求めている。

なんとなくステッキ代わりに傘を持ち、当てもなく街を散策する。

すると空に暗雲が立ちこめ始め、にわか雨が降ってきた。

もちろんアルヴィンの手には傘があるから、濡れることはない。

授かった祝福は、今日も滞りなく機能しているらしい。

体の芯が微かに重いような気がしながら、そろそろ帰るかと思った時、眼前に白薔薇が落ちているのを見つけた。

道の先では雨に当たりながら、黒髪の少女が白薔薇を拾い集めている。

花売りという職業があるのは、一応アルヴィンも知っていたし、今も花を入れた籠を持った娘達と何度かすれ違っていた。普段なら気にも留めないはずの少女だ。

なのにアルヴィンは、目の前の彼女の動きに吸い寄せられた。

一つ一つ丁寧に、通行人に踏みにじられてしまった白薔薇まで、そろえた指で大切に拾っては籠に戻している。彼女は明らかに薄汚れていて、労働者階級のはずだ。だが、その振る舞いに一つも粗野な部分がない。

物珍しくて注視していると、ふと少女は動きを止めて、目元を手で拭った。

「醜いブラウニーでも、必要としてくれる方が、いるかも、しれませんし」

アルヴィンの奥で、何かがさわりと揺れた気がした。

驚くほど美しい発音だ。なにより「ブラウニー」と妖精について口にした。それだけで、アルヴィンの空っぽの心は強く惹かれる。

そういえば、花を探しに来たことを思い出した。白い薔薇があれば、クレアはごまかされてくれるだろう。でなくとも、彼女に話しかけるきっかけとしてちょうどいい。ブラウニーとはどういう意味だろうか。

アルヴィンはしゃがみ込むと、近くに落ちている白薔薇を拾い上げる。

少女もアルヴィンが拾った薔薇に手を伸ばしていて、面食らった様子で顔を上げた。

アルヴィンは青に魅入られた。

彼女の瞳は、抜けるように澄み切った鮮やかな青だった。貴石のような硬質な青ではなく、花を彷彿とさせる華やかさだ。青い薔薇があるのなら、きっとこのような色をしているだろう。そんな青の中には不思議なことに、星屑のような金が煌めき散っていたのだ。

長い前髪に隠れているのがもどかしく、アルヴィンは薔薇を握ったまま手を伸ばす。

露わになった瞳の青にもう金はなく落胆したが、それでも吸い込まれるようで惚れ惚れとする。アルヴィンが記憶するものの中で、最も美しいと感じた。

あの妖精の世界よりも、よほど。

今も、こぼれた雫が頬を伝う様まで目が離せない。青い瞳は表面が涙で潤んで艶がある。

そこまで考えたところで、彼女が泣いていたのだと気付いた。

アルヴィンの背筋がぞくりと震える。体の芯が大きく揺さぶられたような気すらした。

その感覚をなんと称するかわからないまま、言葉がこぼれた。

「――欲しいな」

そう、彼女が欲しい。そばに置いてみたい。

涙を拭い、こんな道端ではなく、相応(ふさわ)しい場所に置けばどのように綻ぶのだろう。

「あの……白薔薇を、買ってくださるのでしょうか……！」

彼女のおずおずとした言葉に、アルヴィンははっとする。彼女は青薔薇のようなのだ。

誰も知らない、まだ咲く前のつぼみ。

そして彼女が青薔薇なら、相応しい場所がある。自分の店である青薔薇骨董店(ブルーローズアンティーク)だ。

彼女が店内にいる姿を夢想するだけで、アルヴィンの胸の奥がまた揺らぐ。落ち着かないが、悪くはない心地に口角が自然と上がった。

彼女は先ほど「必要としてくれる方がいるかもしれない」と言っていた。

ちいさく頼りなく、消えてしまいそうに弱い声だが、希望を捨てきってはいなかった。

ならば自分が必要としよう。店に置くのなら、彼女が良い。なぜ引きつけられたのか、理由を知りたい。

あの金を、もう一度見たい。

最も惹かれるはずの「ブラウニー」について聞き忘れたことにも気付かないまま、アルヴィンは小さなつぼみのような少女に提案を始めた。

お便りはこちらまで

〒一〇二―八一七七
富士見L文庫編集部　気付
道草家守（様）宛
沙月（様）宛

この作品はフィクションです。
実在の人物や団体などとは関係ありません。

序章冒頭の詩は、左記文献掲載の詩をもとに、
本書のために翻訳し掲載しました。
『Popular Rhymes of Scotland』著・Robert Chambers
／二〇一八年十月一日刊／発行元・HardPress